suhrkamp taschenbuch 2790

»Dies war die größte Lyrikerin, die Deutschland je hatte ... Ihre Themen waren vielfach jüdisch, ihre Phantasie orientalisch, aber ihre Sprache war deutsch, ein üppiges, prunkvolles, zartes Deutsch, eine Sprache reif und süß, in jeder Wendung dem Kern des Schöpferischen entsprossen. Immer unbeirrbar sie selbst, fanatisch sich selbst verschworen, feindlich allem Satten, Sicheren, Netten, vermochte sie in dieser Sprache ihre leidenschaftlichen Gefühle auszudrücken, ohne das Geheimnisvolle zu entschleiern und zu vergeben, das ihr Wesen war«, schrieb Gottfried Benn über Else Lasker-Schüler.

Der vorliegende Band vereinigt das lyrische Gesamtwerk der Dichterin: alle Gedichte, die Else Lasker-Schüler zu Lebzeiten veröffentlichte, von der frühesten Sammlung *Styx* (Berlin 1902) bis zu dem letzten Gedichtband *Mein blaues Klavier*, der 1943 in Jerusalem erschien.

Else Lasker-Schüler wurde 1869 als Tochter eines Bankiers in Elberfeld (Wuppertal) geboren. Ihre ersten Gedichte erschienen 1899. 1932 wurde sie mit dem Kleist-Preis ausgezeichnet. Sie lebte lange Jahre in Berlin, war in den literarischen Cafés zu Hause und traf mit vielen Künstlern und Schriftstellern ihrer Zeit zusammen. 1933 mußte sie emigrieren; sie starb 1945 in Jerusalem und liegt am Ölberg begraben.

Else Lasker-Schüler
Die Gedichte
1902-1943

Herausgegeben von
Friedhelm Kemp

Suhrkamp

Gesammelt Werke
Band 1

Der Text folgt der dreibändigen Ausgabe
der Werke von Else Lasker-Schüler,
die 1959-1962 im Kösel Verlag München erschien

11. Auflage 2026

Erste Auflage 1997
suhrkamp taschenbuch 2790

Umschlaggestaltung: Göllner, Michels, Zegarzewski
Druck und Bindung: CPI books GmbH, Leck
Printed in the EU
ISBN 978-3-518-39290-4

Suhrkamp Verlag GmbH
Torstraße 44, 10119 Berlin
info@suhrkamp.de
www.suhrkamp.de

Meine Lippen glühn
Und meine Arme breiten sich aus wie Flammen ...

STYX

CHRONICA

(Meinen Schwestern zu eigen)

Mutter und Vater sind im Himmel
Und sprühen ihre Kraft
An singenden Fernen vorbei,
An spielenden Sternen vorbei
    Auf mich nieder.
Himmel bebender Leidenschaft
    Prangen auf,
O, meine ganze Sehnsucht reisst sich auf
Durch goldenes Sonnenblut zu gleiten!
Fühle Mutter und Vater wiederkeimen
Auf meinen ahnungsbangen Mutterweiten.
    Drei Seelen breiten
Aus stillen Morgenträumen
Zum Gottland ihre Wehmut aus.
Denn drei sind wir Schwestern,
Und die vor mir träumten schon in Sphinxgestalten
    Zu Pharaozeiten.
Mich formte noch im tiefsten Weltenschooss
    Die schwerste Künstlerhand.
Und wisset, wer meine Brüder sind!
Sie waren die drei Könige, die gen Osten zogen
Dem weissen Sterne nach durch brennenden Wüstenwind.
Aber acht Schicksale wucherten aus unserem Blut
Und lauern hinter unseren Himmeln:
Vier plagen uns im Abendrot,
Vier verdunkeln uns die Morgenglut,
Sie brachten über uns Hungersnot
Und Herzensnot und Tod!
Und es steht:

Ueber unserem letzten Grab ihr Fortleben noch,
Den Fluch über alle Welten zu weben,
Sich ihres Bösen zu freuen.
Aber die Winde werden einst ihren Staub scheuen.
    Satanas miserere eorum!!

MUTTER

Ein weisser Stern singt ein Totenlied
    In der Julinacht,
Wie Sterbegeläut in der Julinacht.
Und auf dem Dach die Wolkenhand,
Die streifende, feuchte Schattenhand
Sucht nach meiner Mutter.
Ich fühle mein nacktes Leben,
Es stösst sich ab vom Mutterland,
So nackt war nie mein Leben,
So in die Zeit gegeben,
Als ob ich abgeblüht
Hinter des Tages Ende,
    Versunken
Zwischen weiten Nächten stände,
Von Einsamkeiten gefangen.
Ach Gott! Mein wildes Kindesweh!
... Meine Mutter ist heimgegangen.

WELTFLUCHT

Ich will in das Grenzenlose
    Zu mir zurück,
Schon blüht die Herbstzeitlose
    Meiner Seele,
Vielleicht – ist's schon zu spät zurück!
O, ich sterbe unter Euch!
Da Ihr mich erstickt mit Euch.
Fäden möchte ich um mich ziehn –
Wirrwarr endend!
    Beirrend,
Euch verwirrend,
    Um zu entfliehn
        Meinwärts!

EIFERSUCHT

Denk' mal, wir beide
Zwischen feurigem Zigeunervolk
    Auf der Haide!
Ich zu Deinen Füßen liegend,
Du die Fiedel spielend,
    Meine Seele einwiegend,
Und der brennende Steppenwind
    Saust um uns!

... Aber die Mariennacht verschmerz' ich nicht!
    Die Mariennacht –
Da ich Dich sah
    Mit der Einen ...
Wie duftendes Schneien
    Fielen die Blüten von den Bäumen.
Die Mariennacht verschmerz' ich nicht,
Die blonde Blume in Deinen Armen nicht!

FRÜHLING

Wir wollen wie der Mondenschein
Die stille Frühlingsnacht durchwachen,
Wir wollen wie zwei Kinder sein,
Du hüllst mich in Dein Leben ein
Und lehrst mich so, wie Du, zu lachen.

Ich sehnte mich nach Mutterlieb'
Und Vaterwort und Frühlingsspielen,
Den Fluch, der mich durch's Leben trieb,
Begann ich, da er bei mir blieb,
Wie einen treuen Feind zu lieben.

Nun blühn die Bäume seidenfein
Und Liebe duftet von den Zweigen.
Du mußt mir Mutter und Vater sein
Und Frühlingsspiel und Schätzelein!
– – Und ganz mein Eigen . . .

DIE SCHWARZE BHOWANÉH

(Die Göttin der Nacht)

(Zigeunerlied)

Meine Lippen glühn
Und meine Arme breiten sich aus wie Flammen!
Du mußt mit mir nach Granada ziehn
In die Sonne, aus der meine Gluten stammen . . .
Meine Ader schmerzt
Von der Wildheit meiner Säfte,
Von dem Toben meiner Kräfte.

Granatäpfel prangen
Heiss, wie die Lippen der Nacht!
Rot, wie die Liebe der Nacht!
Wie der Brand meiner Wangen.

Auf dem dunklen Schein
Meiner Haut schillern Muscheln auf Schnüre gezogen,
Und Perlen von sonnenfarb'gem Bernstein
Durchglühn meine Zöpfe wie Feuerwogen.
Meine Seele bebt,
Wie eine Erde bebt und sich aufthut
Dürstend nach Luft! Nach säuselnder Flut!

Heisse Winde stöhnen,
Wie der Odem der Sehnsucht,
Verheerend wie die Qual der Sehnsucht . . .
Und über die Felsen Granadas dröhnen
Die Lockrufe der schwarzen Bhowanéh!

MEINE SCHAMRÖTE

Du! Sende mir nicht länger den Duft,
Den brennenden Balsam
Deiner süssen Gärten zur Nacht!
Auf meinen Wangen blutet die Scham
Und um mich zittert die Sommerluft.

Du . . . wehe Kühle auf meine Wangen
Aus duftlosen, wunschlosen
Gräsern zur Nacht.
Nur nicht länger den Hauch Deiner sehnenden Rosen,
Er quält meine Scham.

TRIEB

Es treiben mich brennende Lebensgewalten,
Gefühle, die ich nicht zügeln kann,
Und Gedanken, die sich zur Form gestalten,
Fallen mich wie Wölfe an!

Ich irre durch duftende Sonnentage . . .
Und die Nacht erschüttert von meinem Schrei.
Meine Lust stöhnt wie eine Marterklage
Und reisst sich von ihrer Fessel frei.

Und schwebt auf zitternden, schimmernden Schwingen
Dem sonn'gen Thal in den jungen Schoss,
Und läßt sich von jedem Mai'nhauch bezwingen
Und giebt der Natur sich willenlos.

SYRINXLIEDCHEN

Die Palmenblätter schnellen wie Viperzungen
In die Kelche der roten Gladiolen,
Und die Mondsichel lacht
Wie ein Faunsaug' verstohlen.

Die Welt hält das Leben umschlungen
Im Strahl des Saturn
Und durch das Träumen der Nacht
Sprüht es purpurn.

Jüx! Wollen uns im Schilfrohr
Mit Binsen aneinander binden
Und mit der Morgenröte Frühlicht
Den Süden unserer Liebe ergründen!

NERVUS EROTIS

Dass uns nach all' der heissen Tagesglut
Nicht eine Nacht gehört...
Die Tuberosen färben sich mit meinem Blut,
Aus ihren Kelchen lodert's brandrot!

Sag' mir, ob auch in Nächten Deine Seele schreit,
Wenn sie aus bangem Schlummer auffährt,
Wie wilde Vögel schreien durch die Nachtzeit.

Die ganze Welt scheint rot,
Als ob des Lebens weite Seele blutet.
Mein Herz stöhnt wie das Leid der Hungersnot,
Aus roten Geisteraugen stiert der Tod!

Sag' mir, ob auch in Nächten Deine Seele klagt,
Vom starken Tuberosenduft umflutet,
Und an dem Nerv des bunten Traumes nagt.

WINTERNACHT

(Cellolied)

Ich schlafe tief in starrer Winternacht,
Mir ist, ich lieg' in Grabesnacht,
Als ob ich spät um Mitternacht gestorben sei
Und schon ein Sternenleben tot sei.

Zu meinem Kinde zog mein Glück
Und alles Leiden in das Leid zurück,
Nur meine Sehnsucht sucht sich heim
Und zuckt wie zähes Leben
Und stirbt zurück
    In sich.

Ich schlafe tief in starrer Winternacht,
Mir ist, ich lieg' in Grabesnacht.

URFRÜHLING

Sie trug eine Schlange als Gürtel
Und Paradiesäpfel auf dem Hut,
Und meine wilde Sehnsucht
Raste weiter in ihrem Blut.

Und das Ursonnenbangen,
Das Schwermüt'ge der Glut
Und die Blässe meiner Wangen
Standen auch ihr so gut.

Das war ein Spiel der Geschicke
Ein's ihrer Rätseldinge...
Wir senkten zitternd die Blicke
In die Märchen unserer Ringe.

Ich vergass meines Blutes Eva
Ueber all' diesen Seelenklippen,
Und es brannte das Rot ihres Mundes,
Als hätte ich Knabenlippen.

Und das Abendröten glühte
Sich schlängelnd am Himmelssaume,
Und vom Erkenntnisbaume
Lächelte spottgut die Blüte.

MAIROSEN

(Reigenlied für die großen Kinder)

Er hat seinen heiligen Schwestern versprochen,
Mich nicht zu verführen,
Zwischen Mairosen hätte er fast
        Sein Wort gebrochen,
Aber er machte drei Kreuze
Und ich glaubte heiss zu erfrieren.

Nun lieg' ich im düst'ren Nadelwald,
Und der Herbst saust kalte Nordostlieder
Ueber meine Lenzglieder.

Aber wenn es wieder warm wird,
Wünsch' ich den heiligen Schwestern beid'
        Hochzeit
Und wir – spielen dann unter den Mairosen . . .

DANN

. . . Dann kam die Nacht mit Deinem Traum
Im stillen Sternebrennen.
Und der Tag zog lächelnd an mir vorbei,
Und die wilden Rosen atmeten kaum.

Nun sehn' ich mich nach Traumesmai,
Nach Deinem Liebeoffenbaren.
Möchte an Deinem Munde brennen
Eine Traumzeit von tausend Jahren.

ABEND

Es riss mein Lachen sich aus mir,
Mein Lachen mit den Kinderaugen,
Mein junges, springendes Lachen
Singt Tag der dunklen Nacht vor Deiner Thür.

Es kehrte aus mir ein, in Dir
Zur Lust Dein Trübstes zu entfachen –
Nun lächelt es wie Greisenlachen
    Und leidet Jugendnot.
Mein tolles, übermütiges Frühlingslachen
    Träumt von Tod.

KARMA

Hab' in einer sternlodernden Nacht
Den Mann neben mir um's Leben gebracht.

Und als sein girrendes Blut gen Morgen rann,
Blickte mich düster sein Schicksal an.

ORGIE

Der Abend küsste geheimnisvoll
Die knospenden Oleander.
Wir spielten und bauten Tempel Apoll
Und taumelten sehnsuchtsübervoll
Ineinander.
Und der Nachthimmel goss seinen schwarzen Duft
In die schwellenden Wellen der brütenden Luft,
Und Jahrhunderte sanken
Und reckten sich
Und reihten sich wieder golden empor
Zu sternenverschmiedeten Ranken.
Wir spielten mit dem glücklichsten Glück,
Mit den Früchten des Paradiesmai,
Und im wilden Gold Deines wirren Haars
Sang meine tiefe Sehnsucht
Geschrei,
Wie ein schwarzer Urwaldvogel.
Und junge Himmel fielen herab,
Unersehnbare, wildsüsse Düfte;
Wir rissen uns die Hüllen ab
Und schrieen!
Berauscht vom Most der Lüfte.
Ich knüpfte mich an Dein Leben an,
Bis dass es ganz in ihm zerrann,
Und immer wieder Gestalt nahm
Und immer wieder zerrann.
Und unsere Liebe jauchzte Gesang,
Zwei wilde Symphonieen!

FIEBER

Es weht von Deinen Gärten her der Duft,
Wie trockner Südwind über mein Gesicht.
O, diese heisse Not in meiner Nacht!
Ich trinke die verdorrte Feuerluft
Meiner Brände.

Aus meinem schlummerlosen Auge flammt
Ein grelles, ruheloses Licht,
Wie Irrlichtflackern durch die Nacht.
Ich weiß, ich bin verdammt
Und fall' aus Himmelshöhen in Deine Hände.

DASEIN

Hatte wogendes Nachthaar,
Liegt lange schon wo begraben.
Hatte zwei Augen wie Bäche klar,
Bevor die Trübsal mein Gast war,
Hatte Hände muschelrotweiss,
Aber die Arbeit verzehrte ihr Weiss.
Und einmal kommt der Letzte,
Der senkt den unabänderlichen Blick
Nach meines Leibes Vergänglichkeit
Und wirft von mir alles Sterben.
Und es atmet meine Seele auf
Und trinkt das Ewige...

SINNENRAUSCH

Dein sünd'ger Mund ist meine Totengruft,
Betäubend ist sein süsser Atemduft,
Denn meine Tugenden entschliefen.
Ich trinke sinnberauscht aus seiner Quelle
Und sinke willenlos in ihre Tiefen,
Verklärten Blickes in die Hölle.

Mein heißer Leib erglüht in seinem Hauch,
Er zittert, wie ein junger Rosenstrauch,
Geküsst vom warmen Maienregen.
– Ich folge Dir ins wilde Land der Sünde
Und pflücke Feuerlilien auf den Wegen,
– Wenn ich die Heimat auch nicht wiederfinde ...

SEIN BLUT

Am liebsten pflückte er meines Glückes
Letzte Rose im Maien
Und würfe sie in den Rinnstein.
. . . Sein Blut plagt ihn.

Am liebsten lockte er meiner Seele
Zitternden Sonnenstrahl
In seine düst're Nächtequal.

Am liebsten griff er mein spielendes Herz
Aus wiegendem Lenzhauch
Und hing es auf wo an einem Dornstrauch.
. . . Sein Blut plagt ihn.

VIVA!

Mein Wünschen sprudelt in der Sehnsucht meines Blutes
Wie wilder Wein, der zwischen Feuerblättern glüht.
Ich wollte, Du und ich, wir wären eine Kraft,
Wir wären eines Blutes
Und ein Erfüllen, eine Leidenschaft,
Ein heisses Weltenliebeslied!

Ich wollte, Du und ich, wir würden uns verzweigen,
Wenn sonnentoll der Sommertag nach Regen schreit
Und Wetterwolken bersten in der Luft!
Und alles Leben wäre unser Eigen;
Den Tod selbst rissen wir aus seiner Gruft
Und jubelten durch seine Schweigsamkeit!

Ich wollte, dass aus unserer Kluft sich Massen
Wie Felsen aufeinandertürmen und vermünden
In einen Gipfel, unerreichbar weit!
Dass wir das Herz des Himmels ganz erfassen
Und uns in jedem Hauche finden
Und überstrahlen alle Ewigkeit!

Ein Feiertag, an dem wir ineinanderrauschen,
Wir beide ineinanderstürzen werden,
Wie Quellen, die aus steiler Felshöh' sich ergiessen
In Wellen, die dem eignen Singen lauschen
Und plötzlich niederbrausen und zusammenfliessen
In unzertrennbar, wilden Wasserheerden!

EROS

O, ich liebte ihn endlos!
Lag vor seinen Knie'n
Und klagte Eros
    Meine Sehnsucht.
O, ich liebte ihn fassungslos.
Wie eine Sommernacht
    Sank mein Kopf
Blutschwarz auf seinen Schoss
Und meine Arme umloderten ihn.
Nie schürte sich so mein Blut zu Bränden,
Gab mein Leben hin seinen Händen,
Und er hob mich aus schwerem Dämmerweh.
Und alle Sonnen sangen Feuerlieder
    Und meine Glieder
  Glichen
    Irrgewordenen Lilien.

DEIN STURMLIED

Brause Dein Sturmlied Du!
Durch meine Liebe,
Durch mein brennendes All.
Verheerend, begehrend,
    Dröhnend wiedertönend
    Wie Donnerhall!

Brause Dein Sturmlied Du!
Und lösche meine Feuersbrunst,
Denn ich ersticke in Flammendunst.
Mann mit den ehernen Zeusaugen,
    Grolle Gewitter,
Entlade Wolken auf mich.
Und wie eine Hochsommererde
    Werde ich
    Aufsehnend
Die Ströme einsaugen.
Brause Dein Sturmlied Du!

DAS LIED DES GESALBTEN

Zebaoth spricht aus dem Abend:
Verschwenden sollst Du mit Liebe!
Denn ich will Dir Perlen meiner Krone schenken,
In goldträufelnden Honig Dein Blut verwandeln.
Und Deine Lippen mit den Düften süßer Mandeln tränken.

Verschwenden sollst Du mit Liebe!
Und mit schmelzendem Jubel meine Feste umgolden
Und die Schwermut, die über Jerusalem trübt,
Mit singenden Blütendolden umkeimen.

Ein prangender Garten wird Dein Herz sein,
Darin die Dichter träumen.
O, ein hängender Garten wird Dein Herz sein,
Aller Sonnen Aufgangheimat sein,
Und die Sterne kommen, ihren Flüsterschein
Deinen Nächten sagen.
Ja, tausend greifende Aeste werden Deine Arme tragen,
Und meinem Paradiesheimweh wiegende Troste sein!

SULAMITH

O, ich lernte an Deinem süssen Munde
Zu viel der Seligkeiten kennen!
Schon fühl' ich die Lippen Gabriels
　　Auf meinem Herzen brennen . . .
Und die Nachtwolke trinkt
Meinen tiefen Cederntraum.
O, wie Dein Leben mir winkt!
　　Und ich vergehe
Mit blühendem Herzeleid
Und verwehe im Weltraum,
　　In Zeit,
　　In Ewigkeit,
Und meine Seele verglüht in den Abendfarben
　　Jerusalems.

KÜHLE

In den weißen Gluten
Der hellen Rosen
Möchte ich verbluten.

Doch auf den Teichen
Warten die starren, seelenlosen Wasserrosen,
Um meiner Sehnsucht Kühle zu reichen.

CHAOS

Die Sterne fliehen schreckensbleich
Vom Himmel meiner Einsamkeit,
Und das schwarze Auge der Mitternacht
Starrt näher und näher.

Ich finde mich nicht wieder
In dieser Todverlassenheit!
Mir ist: ich lieg' von mir weltenweit
Zwischen grauer Nacht der Urangst ...

Ich wollte, ein Schmerzen rege sich
Und stürze mich grausam nieder
Und riß mich jäh an mich!
Und es lege eine Schöpferlust
Mich wieder in meine Heimat
    Unter der Mutterbrust.

Meine Mutterheimat ist seeleleer,
Es blühen dort keine Rosen
Im warmen Odem mehr. –
.... Möcht einen Herzallerliebsten haben!
Und mich in seinem Fleisch vergraben.

MEIN BLICK

Ich soll Dich anseh'n,
    Immerzu.
Aber mein Blick irrt über alles Sehen weit,
Floh himmelweit, ferner als die Ewigkeit.
Du! locke ihn mit Deiner Sehnsucht Sonnenschein, –
Er wird mir selbst ein Hieroglyph geworden sein.

LENZLEID

Dass Du Lenz gefühlt hast
Unter meiner Winterhülle,
Dass Du den Lenz erkannt hast
    In meiner Todstille.
Nicht wahr, das ist Gram
Winter sein, eh' der Sommer kam,
Eh' der Lenz sich ausgejauchzt hat.

O, Du! schenk' mir Deinen gold'nen Tag
Von Deines Blutes blühendem Rot.
Meine Seele friert vor Hunger,
Ist satt vom Reif.
O, Du! giesse Dein Lenzblut
    Durch meine Starre,
Durch meinen Scheintod.
    Sieh, ich harre
Schon Ewigkeiten auf Dich!

VERDAMMNIS

Krallen reissen meine Glieder auf
Und Lippen nagen an meinem Traumschlaf.
Weh Deinem Schicksal und dem meinen,
Das sich im Zeichen böser Sterne traf.
Meine Sehnsucht schreit zu diesen Sternen auf
Und erstarrt im Morgenscheinen –
    Und ich weine
    Zu den Höllen.

Schenk' mir Deine Arme eine Nacht,
Die so frischen Odem strömen
Wie zwei nordische Meereswellen.
Dass, wenn ich aus Finsternis erwacht,
Mich nicht böse Geister treten,
Ich nicht einsam bin mit meinem Grämen.
Zu den Himmeln fleh' ich jede Nacht,
Doch der Satan hetzt die Teufel auf mein Beten.

WELTSCHMERZ

Ich, der brennende Wüstenwind,
Erkaltete und nahm Gestalt an.

Wo ist die Sonne, die mich auflösen kann,
Oder der Blitz, der mich zerschmettern kann!

Blick' nun: ein steinernes Sphinxhaupt,
Zürnend zu allen Himmeln auf.

Hab' an meine Glutkraft geglaubt.

MEIN DRAMA

Mit allen duftsüssen Scharlachblumen
Hat er mich gelockt,
Keine Nacht mehr hielt ich es im engen Zimmer aus,
Liebeskrumen stahl ich mir vor seinem Haus
Und sog mein Leben, ihn ersehnend, aus.
Es weint ein blasser Engel leis' in mir
Versteckt – ich glaube tief in meiner Seele,
        Er fürchtet sich vor mir.
Im wilden Wetter sah ich mein Gesicht!
Ich weiß nicht wo, vielleicht im dunklen Blitz,
Mein Auge stand wie Winternacht im Antlitz,
Nie sah ich grimmigeres Leid.
... Mit allen duftsüssen Scharlachblumen
    Hat er mich gelockt,
Es regt sich wieder weh in meiner Seele
Und leitet mich durch all' Erinnern weit.
Sei still, mein wilder Engel mein,
        Gott weine nicht
    Und schweige von dem Leid,
Mein Schmerzen soll sich nicht entladen,
Keinen Glauben hab' ich mehr an Weib und Mann,
Den Faden, der mich hielt mit allem Leben,
Hab' ich der Welt zurückgegeben
        Freiwillig!
Aus allen Sphinxgesteinen wird mein Leiden brennen,
Um alles Blühen lohen, wie ein dunkler Bann.
Ich sehne mich nach meiner blind verstoss'nen Einsamkeit,
Trostsuchend, wie mein Kind, sie zu umfassen,
Lernte meinen Leib, mein Herzblut und ihn hassen,
        Nie so das Evablut kennen
        Wie in Dir, Mann!

STERNE DES FATUMS

Deine Augen harren vor meinem Leben
Wie Nächte, die sich nach Tagen sehnen,
Und der schwüle Traum liegt auf ihnen
Unergründet.

Seltsame Sterne starren zur Erde,
Eisenfarb'ne mit Sehnsuchtsschweifen,
Mit brennenden Armen, die Liebe suchen
Und in die Kühle der Lüfte greifen.

Sterne in denen das Schicksal mündet.

STERNE DES TARTAROS

Warum suchst Du mich in unseren Nächten
In Wolken des Hasses auf bösen Sternen!
Lass mich allein mit den Geistern fechten.

Sie schnellen vorbei auf Geyerschwingen
Aus längst vergess'nen Wildlandfernen.
Eiswinde durch Lenzessingen.

Und Du vergisst die Gärten der Sonne
Und blickst gebannt in die Todestrübe.
Ach, was irrst Du hinter meiner Not!

DU, MEIN

(Meinem Bruder Paul zu eigen)

Der Du bist auf Erden gekommen,
Mich zu erlösen
Aus aller Pein,
Aus meiner Furie Blut,
Du, der Du aus Sonnenschein
Geboren bist,
Vom glücklichsten Wesen
Der Gottheit
Genommen bist,
Nimm mein Herz zu Dir
Und küsse meine Seele
Vom Leid
Frei.

FORTISSIMO

Du spieltest ein ungestümes Lied,
Ich fürchtete mich nach dem Namen zu fragen,
Ich wusste, er würde das alles sagen,
Was zwischen uns wie Lava glüht.

Da mischte sich die Natur hinein
In unsere stumme Herzensgeschichte,
Der Mondvater lachte mit Vollbackenschein,
Als machte er komische Liebesgedichte.

Wir lachten heimlich im Herzensgrund,
Doch unsere Augen standen in Thränen
Und die Farben des Teppichs spielten bunt
In Regenbogenfarbentönen.

Wir hatten beide dasselbe Gefühl,
Der Smyrnateppich wäre ein Rasen,
Und die Palmen über uns fächelten kühl,
Und unsere Sehnsucht begann zu rasen.

Und unsere Sehnsucht riss sich los
Und jagte uns mit Blutsturmwellen:
Wir sanken in das Smyrnamoos
Urwild und schrieen wie Gazellen.

DER GEFALLENE ENGEL

(St. Petrus Hille zu eigen)

Des Nazareners Lächeln strahlt aus Deinen Mienen,
Und meine Lippen öffnen sich mit Zagen,
Wie gift'ge Blüten, die dem Satan dienen
Und scheu den Lenzwind nach dem Himmel fragen.
Die heisse Sehnsucht hat mich tief gebräunt,
In kühler Not erstarrte meine Seele,
Ein Wetter stählte mein Gewissen!

Es wachsen Sträucher blütenlos auf meinen Wegen
Wie Schatten, die verbot'ne Thaten werfen,
Und meine Träume tränkt ein blut'ger Regen
Und reizt mit seinem Schein zum Laster meine Nerven.
Die Unschuld hat an meinem Bett geweint,
Und rang und klagte dann um meine Seele
Und pflanzte Trauerrosen um mein Kissen.

Siehst Du den Kettenring an meinem Finger –
Sein Stein erblindete, sein blaues Scheinen,
Vielleicht verlor ihn mal ein Gottesjünger
Auf seinem Pfade hoch in Felsgesteinen.
Und diese roten, feurigen Granaten
Gab mir ein Königgreis für meine Nächte,
Wie heisse Tropfen auf die Schnur gereiht.

Der Sonnenuntergang erzählt im Westen
Von späten Rosen, die ergrauen müssen
Im Herbste unter morschem Laub und Aesten,
Und nichts vom Sonnenglanz des Sommers wissen,
Als Sünderinnen sterben für die Thaten

Der eitelen Natur, die duften möchte
Noch in der späten Winterabendzeit.

Darf ich mit Dir auf weiten Höhen schreiten!
Hand in Hand, Du und ich, wie Kinder ...
Wenn aus dem Abendhimmel wilde Sterne gleiten
Durch's tiefe Blauschwarz, wie verstoss'ne Sünder,
Und scheu in Gärten fallen, die voll Orchideen
Und stummen Blüten steh'n
In gold'nen Hüllen.

Und in den Kronen schlanker Märchenbäume
Harrt meine Unschuld unter Wolkenflor,
Und meine ersten, holden Kinderträume
Erwachen vor dem gold'nen Himmelsthor.
Und wenn wir einst ins Land des Schweigens gehen,
Der schönste Engel wird mein Heil erfleh'n
Um Deiner Liebe willen.

MEIN KIND

Mein Kind schreit auf um die Mitternacht
Und ist so heiss aus dem Traum erwacht
Wie meine sehnende Jugend.

Gäb' ihm so gern meines Blutes Mai,
Spräng' nur mein bebendes Herz entzwei.

– Der Tod schleicht im Hyänenfell
Am Himmelsstreif im Mondeshell.

Aber die Erde im Blütenkeusch
Singt Lenz im kreisenden Weltgeräusch.

Und wundersüss küsst der Maienwind
Als duftender Gottesbote mein Kind.

ʼΑθάνατοι

Du, ich liebe Dich grenzenlos!
Über alles Lieben, über alles Hassen!
Möchte Dich wie einen Edelstein
In die Strahlen meiner Seele fassen.
Leg' Deine Träume in meinen Schoss,
Ich liess ihn mit goldenen Mauern umschliessen
Und ihn mit süssem griechischem Wein
Und mit dem Oele der Rosen begiessen.

O, ich flog nach Dir wie ein Vogel aus,
In Wüstenstürmen, in Meereswinden,
In meiner Tage Sonnenrot,
In meiner Nächte Stern Dich zu finden.
Du! breite die Kraft Deines Willens aus,
Dass wir über alle Herbste schweben,
Und Immergrün schlingen wir um den Tod
Und geben ihm Leben.

SELBSTMORD

Wilde Fratzen schneidet der Mond in den Sumpf
        Und dumpf
        Kreist die Welt.
Hätt' ich nur die Welt überstanden!
Damals als wir uns beide fanden
Blickte auch die Natur so gemein,
Aber dann kam der Sonnenschein
Und sang sein Strahlenlied
        Bis über den Norden.

Nun nagt der Maulwurf an Deinem Gebein,
In der Truhe heult die rote Katze.
Ein Kater schlich, sie lustzumorden
Aus vollmondblutendem Abendschein.
Wie die Nacht voll grausamer Sehnsucht blüht!
Der Tod selbst fürchtet sich zu zwei'n
Und kriecht in seinen Erdenschrein,
Aber – ich pack' ihn mit meiner Tatze!

MORITURI

Du hast ein dunkles Lied mit meinem Blut geschrieben,
Seitdem ist meine Seele jubellahm.
Du hast mich aus dem Rosenparadies vertrieben,
Ich musst sie lassen, Alle, die mich lieben.
Gleich einem Vagabund jagt mich der Gram.

Und in den Nächten, wenn die Rosen singen,
Dann brütet still der Tod – ich weiss nicht was –
Ich möchte Dir mein wehes Herze bringen,
Den bangen Zweifel und mein müh'sam Ringen
Und alles Kranke und den Hass!

JUGEND

Ich hört Dich hämmern diese Nacht
An einem Sarg im tiefen Erdenschacht.
Was willst Du von mir, Tod!
Mein Herz spielt mit dem jungen Morgenrot
Und tanzt im Funkenschwarm der Sonnenglut
Mit all den Blumen und der Sommerlust.

Scheer' Dich des Weges, alter Nimmersatt!
Was soll ich in der Totenstadt,
Ich, mit dem Jubel in der Brust!!

MEINLINGCHEN

(Meinem Jungen zu eigen)

Meinlingchen sieh mich an –
Dann schmeicheln tausend Lächeln mein Gesicht,
Und tausend Sonnenwinde streicheln meine Seele,
Hast wie ein Wirbelträumchen
Unter ihren Fittichen gelegen.

Nie war so lenzensüß mein Blut,
Als Dich mein Odem tränkte,
Die Quellen Edens müssen so geduftet haben
Bis Dich der Muttersturm
Aus süssem Dunkel
Von meinen Herzwegen pflückte
Und Dich in meine Arme legte,
    In ein Bad von Küssen.

BALLADE

(Aus den sauerländischen Bergen)

Er hat sich
In ein verteufeltes Weib vergafft,
In sing Schwester!

Wie ein lauerndes Katzentier
Kauerte sie vor seiner Thür
Und leckte am Geld seiner Schwielen.

Im Wirtshaus bei wildem Zechgelag
Sass er und sie und zechten am Tag
Mit rohen Gesellen.

Und aus dem roten, lodernden Saft
Stieg er ein Riese aus zwergenhaft
Verkümmerten Gesellen.

Und ihm war, als blicke er weltenweit,
Und sie schürte den Wahn seiner Trunkenheit
Und lachte!

Und eine Krone von Felsgestein,
Von golddurchädertem Felsgestein,
Wuchs ihm aus seinem Kopf.

Und die Säufer kreischten über den Spass.
»Gott verdamm' mich, ich bin der Satanas!«
Und der Wein sprühte Feuer der Hölle.

Und die Stürme sausten wie Weltuntergang,
Und die Bäume brannten am Bergeshang,
Es sang die Blutschande ......

Und sie holten ihn um die Dämmerzeit,
Und die Gassenkinder schrie'n vor Freud'
Und bewarfen ihn mit Unrat.

Seitdem spukt es in dieser Nacht,
Und Geister erscheinen in dieser Nacht,
Und die frommen Leute beten. –

Sie schmückte mit Trauer ihren Leib,
Und der reiche Schankwirt nahm sie zum Weib,
Gelockt vom Sumpf ihrer Thränen.

– Und der mit der schweren Rotsucht im Blut
Wankt um die stöhnende Dämmerglut
Gespenstisch durch die Gassen,

Wie leidender Frevel,
Wie das frevelnde Leid,
Überaltert dem lässigen Leben.

Und er sieht die Weiber so eigen an,
Und sie fürchten sich vor dem stillen Mann
Mit dem Totenkopf.

KÖNIGSWILLE

Ich will vom Leben der gazellenschlanken
Mädchen mit glühenden Rosengedanken,
Wenn glanzlose Sterne mein Sterbelied singen
Und bleiche Winde durch die Totenstadt weh'n
Und vom Licht mein warmes Leben erzwingen.

Ich will vom Leben der wettergebräunten
Knaben, die nie eine Thräne weinten,
Wenn die Tode vor meinen Herzthoren steh'n
Und mit der Kraft meiner Seele ringen.

Ich will vom Leben der weissen Gluten
Der Sonne und von der Wolke Morgenbluten
Dem quellenden Rot der Himmelsbrust.
Bis meine Lippen sich wieder färben
Und junger Odem durchströmt meine Brust...
Ich will nicht sterben!

VOLKSLIED

Verlacht mich auch neckisch der Wirbelwind
– Mein Kind, das ist ein Himmelskind
Mit Locken, wie Sonnenscheinen.

Ich sitze weinend unter dem Dach,
Bin in den Nächten fieberwach
Und nähe Hemdchen aus Leinen.

Meiner Mutter Wiegenfest ist heut,
Gestorben sind Vater und Mutter beid'
Und sahen nicht mehr den Kleinen.

Meine Mutter träumte einmal schwer,
Sie sah mich nicht an ohne Seufzer mehr
Und ohne heimliches Weinen. –

DIR

Drum wein' ich,
Dass bei Deinem Kuss
Ich so nichts empfinde
Und ins Leere versinken muss.
    Tausend Abgründe
Sind nicht so tief,
Wie diese grosse Leere.
Ich sinne im engsten Dunkel der Nacht,
    Wie ich Dir's ganz leise sage,
Doch ich habe nicht den Mut.
Ich wollte, es käme ein Südenwind,
Der Dir's herüber trage,
Damit es nicht gar voll Kälte kläng'
Und er Dir's warm in die Seele säng'
    Kaum merklich durch Dein Blut.

MÜDE

All' die weissen Schlafe
        Meiner Ruh'
Stürzten über die dunklen Himmelssäume.
Nun deckt der Zweifel meine Sehnsucht zu
Und die Qual erdenkt meine Träume.

O, ich wollte, dass ich wunschlos schlief,
Wüsst' ich einen Strom, wie mein Leben so tief,
Flösse mit seinen Wassern.

SCHULD

Als wir uns gestern gegenübersassen,
Erschrak ich über Deine Blässe,
Ueber die Leidenslinie Deiner Wange.
Da kam's, dass meine Gedanken mich vergassen
Ueber der Leidenslinie Deiner Wange.

Es trafen unsere Blicke sich wie Sternenfragen,
Es war ein goldenes Hin- und Herverweben
Und Deine Augen glichen seid'nen Mädchenaugen.
Du öffnetest die Lippen, mir zu sagen . . . . .
Und meine Seele färbte sich in Matt,
Dumpf läutete noch einmal Brand mein Leben
Und schrumpfte dann zusammen wie ein Blatt.

UNGLÜCKLICHER HASS

(Versrelief)

Du! Mein Böses liebt Dich
Und meine Seele steht
Furchtbarer über Dir,
Wie der drohendste Stern über Herculanum.

Wie eine Wildkatze springt
Mein Böses aus mir,
Und beisst nach Dir.
        Entrissen
Von Liebesküssen
Aber taumelst Du
In Armen bekränzter Hetären
Durch rosenduftender Sphären
        Rauschgesang.

Nachts schleichen Hyänen,
Wie brütende Finsternisse
Hungrig über meine Träume
Im Wutglüh'n meiner Thränen.

NACHWEH

Weisst Du noch als ich krank lag,
    So Gott verlassen –
Da kamst Du,
    Es war am Herbsttag,
Der Wind wehte krank durch die Gassen.

Zwei kalte Totenaugen
Hätten mich nicht so gequält,
Wie Deine Saphiraugen,
Die beiden brennenden Märchen.

MEIN TANZLIED

Aus mir braust finst're Tanzmusik,
Meine Seele kracht in tausend Stücken!
Der Teufel holt sich mein Missgeschick
Um es ans brandige Herz zu drücken.

Die Rosen fliegen mir aus dem Haar
Und mein Leben saust nach allen Seiten,
So tanz' ich schon seit tausend Jahr,
Seit meiner ersten Ewigkeiten.

VERGELTUNG

Hab' hinter Deinem trüben Grimm geschmachtet,
Und der Tod hat in meiner Seele genachtet
    Und frass meine Lenze.
Und da kam ein Augenblick,
Ein spielender, jauchzender Augenblick
Und tanzte mit mir ins Leben zurück
    Bis zur Grenze.
Aber das Netz meiner Augen zerriss
    Vom plötzlichen Lichtglanz.
Wie soll ich nun die Goldzeiten auffangen!
Meine Seele die Goldlüfte einsaugen!
Der Tod hat sich fest an mein Leben gehangen,
Ich fühle immer stilleres Vergessen...
Himmelszeichen künden Unheil an im Westen,
In der Sackgasse brütet Frucht ein Nebelbaum
Und winkt mir heimlich mit den Schattenästen –
Ja! Meine Seele soll Beklemmniss von ihm essen!
Und ein Alb auf Dir liegen Nachts im Traum.

HUNDSTAGE

Ich will Deiner schweifenden Augen Ziel wissen
Und Deiner flatternden Lippen Begehr,
Denn so ertrag' ich das Leben nicht mehr,
Von der Tollwut der Zweifel zerbissen.

.... Wie friedvoll die Malvenblüten starben
Unter süssen Himmeln der Lenznacht –
Ich war noch ein Kind, als sie starben.

Hab' so still in der Seele Gottes geruht –
Möcht' mich nun in rasendes Meer stürzen
Von schreiendem Herzblut!

MELODIE

Deine Augen legen sich in meine Augen
Und nie war mein Leben so in Banden,
Nie hat es so tief in Dir gestanden
Es so wehrlos tief.

Und unter Deinen schattigen Träumen
Trinkt mein Anemonenherz den Wind zur Nachtzeit,
Und ich wandle blühend durch die Gärten
Deiner stillen Einsamkeit.

ELEGIE

Du warst mein Hyazinthentraum,
Bist heute noch mein süssestes Sehnen,
Aber mein Wünschen zittert durch Thränen
Und meine Hoffnung klagt vom Trauereschenbaum.

Tausend Wunschjahre lag ich vor Deinen Knieen,
Meine Gedanken sprudelten wie junge Weine,
Ein Venussehnen lag vor Deinen Knieen!

Zwei Sommer hielten wir uns schwer umfangen,
Ich tauchte in den goldenen Strudel Deiner Schelmenlaunen,
Bis aus den späten Nächten unsere Sterbeglocken klangen.

Und Neide schlichen heimlich, ihre Geil zu rächen,
Die Wolken drohten wild wie schwarze Posaunen,
Wir träumten beide einen Schmerzenstraum:
Zwei böse Sterne fielen in derselben Nacht
Und wir erblindeten in ihrem Stechen.

Der erste Blick, der uns zu eins gehämmert,
Er quälte sich bis in die Morgenstunden,
Bis weh das Herz des Ostens aufgedämmert.

Da sprangen alle grausigen Sagen auf,
Träumte nur noch Plagen,
Alle Plagen erdrosselten mich
Und reissende Hasse kamen
Und verheerten
Die Haine unserer jung gestorbenen Liebe.
Und wehrten meiner Seele Flucht zu Gott,

Gramjahre bebte ich hin,
Krankte zurück,
Kein Himmel beugte sich zu meinem Harme!
Durch alle Sümpfe schleift' ich mein verhungert Glück,
Und warf mich müd dem Satan in die Arme.

VAGABUNDEN

O, ich wollte in den Tag gehen,
Alle Sonnen, alle Glutspiele fassen,
Muss in trunk'ner Lenzluft untergeh'n
Tief in meinem Rätselblut.
Sehnte mich zu sehr nach dem Jubel!
Dass mein Leben verspiele mit dem Jubel.
Kaum noch fühlt' meine Seele den Goldsinn des Himmels,
Kaum noch sehen können meine Augen,
Wie müde Welle gleiten sie hin.
Und meine Sehnsucht taumelt wie eine sterbende Libelle.

  Giesse Brand in mein Leben!
  Ja, ich irre mit Dir,
Durch alle Gassen wollen wir streifen,
Wenn unsere Seelen wie hungernde Hunde knurren.
An allen Höllen unsere Lüste schleifen,
Und sünd'ge Launen alle Teufel fleh'n
Und Wahnsinn werden uns're Frevel sein,
Wie bunte, grelle Abendlichter surren;
Irrsinnige Gedanken werden diese Lichte sein!
Ach Gott! Mir bangt vor meiner schwarzen Stunde,
Ich grabe meinen Kopf selbst in die Erde ein!

HERZKIRSCHEN WAREN MEINE LIPPEN BEID'

Ach, ich irre wie die Todsünde
Ueber wilde Haiden und Abgründe,
Ueber weinende Blumen im Herbstwind,
Die dicht von Brennesseln umklammert sind.

Herzkirschen waren meine Lippen beid',
Sie sind nun bleich und schweigend wie das Leid.
Ich suchte ihn im Abend, in der Dämmerung früh,
Und trank mein Blut und meine Süssigkeit.

Der Schatten, der auf meiner Wange glüht,
Wie eine Trauerrose ist er aufgeblüht
Aus meiner Seele Sehnsuchtsmelodie.

DIE BEIDEN

Dem zuckte sein zackiges Augenbrau jäh
Wie der Blitzstrahl einer Winternacht,
Und jener mit dem süssen Weh,
Dem ringenden Eden im Auge,
Mit dem Himmelblond auf der Stirn .....

Ich senkte mich in Beide
Wie ein erleuchtendes Gestirn –
Und es war, als sei ich:
Ihnen ihr Blut zu verraten:

Er mit dem scharfen Stahl im Aug'
Träumte von Heldenthaten
Im Dickicht meiner Urwaldaugen.
Und jenem, dem die Höhen des Parnassos
Mit Goldblicken winkten sternenwärts,
Ihm spannte ich zwei meiner wilden,
Ungezähmten Dürste ans Herz.

MEINE BLUTANGST

Es war eine Ebbe in meinem Blut,
Es schrie wie brüllende Ozeane
Und mit meiner Seele wehte der Tod
Wie mit einer Siegesfahne.

Zehn Könige standen um mein Bett,
Zehn stolze, leuchtende Sterne,
Sie tränkten mit Himmelsthau meine Qual,
Alle Abende meine Erbqual.

Jäh rissen sich ihre Willen los,
Wie schneidende Winterstürme.
Ueber die Herzen hinweg!
Ueber das Leben hinweg!
Und ihr rasender Mut wuchs Türme!
Und sie schlugen meine Blutangst tot,
Wie Himmelsbrand blühte das Morgenrot,
Und mein Blass schneite von ihren Wangen.

IM ANFANG

(Weltscherzo)

Hing an einer goldenen Lenzwolke,
Als die Welt noch Kind war,
Und Gott noch junger Vater war.
    Schaukelte, hei!
    Auf dem Ätherei,
    Und meine Wollhärchen flitterten ringelrei.
Neckte den wackelnden Mondgrosspapa,
Naschte Goldstaub der Sonnenmama,
In den Himmel sperrte ich Satan ein
Und Gott in die rauchende Hölle ein.
Die drohten mit ihrem grössten Finger
Und haben »klumbumm! klumbumm!« gemacht
Und es sausten die Peitschenwinde!
Doch Gott hat nachher zwei Donner gelacht
Mit dem Teufel über meine Todsünde.
Würde 10000 Erdglück geben,
Noch einmal so gottgeboren zu leben,
So gottgeborgen, so offenbar.
        Ja! Ja!
Als ich noch Gottes Schlingel war!

(zweite Fassungen)

STYX

O, ich wollte, daß ich wunschlos schlief,
Wüßt ich einen Strom, wie mein Leben so tief,
Flösse mit seinen Wassern.

CHRONICA

Mutter und Vater sind im Himmel –
        Amen.
Drei Seelen breiten
Aus stillem Morgenträumen
Zum Gottland ihre Wehmut aus; –
Denn drei sind wir Schwestern,
Die vor mir träumten schon in Sphinxgestalten
Zu Pharaozeiten; –
Mich formte noch im tiefsten Weltenschoß
Die schwerste Künstlerhand.
Und wisset wer meine Brüder sind?
Sie waren die drei Könige, die gen Osten zogen
Dem weißen Sterne nach zum Gotteskind.
Aber acht Schicksale wucherten aus unserem Blut.
Vier plagen uns im Abendrot,
Vier verdunkeln uns die Morgenglut,
Sie brachten über uns Hungersnot
Und Herzensnot und Tod.
Und es steht:
Über unserem letzten Grab ihr Fortleben noch,
Den Fluch über alle Welten zu weben,
Sich ihres Bösen zu freuen.
Aber die Winde werden einst ihren Staub scheuen.
Satan, erbarme dich ihrer.

WELTFLUCHT

Ich will in das Grenzenlose
Zu mir zurück,
Schon blüht die Herbstzeitlose
Meiner Seele,
Vielleicht ists schon zu spät zurück.
O, ich sterbe unter euch!
Da ihr mich erstickt mit euch.
Fäden möchte ich um mich ziehen
Wirrwarr endend!
Beirrend,
Euch verwirrend,
Zu entfliehn
Meinwärts.

FRÜHLING

Wir wollen wie der Mondenschein
Die stille Frühlingsnacht durchwachen,
Wir wollen wie zwei Kinder sein.
Du hüllst mich in dein Leben ein
Und lehrst mich so wie du zu lachen.

Ich sehnte mich nach Mutterlieb
Und Vaterwort und Frühlingsspielen,
Den Fluch, der mich durchs Leben trieb,
Begann ich, da er bei mir blieb,
Wie einen treuen Feind zu lieben.

Nun blühn die Bäume seidenfein
Und Liebe duftet von den Zweigen.
Du mußt mir Mutter und Vater sein
Und Frühlingsspiel und Schätzelein
Und ganz mein eigen.

MEINE SCHAMRÖTE

Du, sende mir nicht länger den Duft,
Den brennenden Balsam
Deiner süßen Gärten zur Nacht.

Auf meiner Wange blutet die Scham
Und um mich zittert die Sommerluft.

Du . . . . wehe Kühle auf meine Wangen
Aus duftlosen, wunschlosen Gräsern zur Nacht.

Nur nicht länger den Hauch deiner suchenden Rosen,
    Er quält meine Scham.

SYRINXLIEDCHEN

Die Palmenblätter schnellen wie Viperzungen
In die Kelche der roten Gladiolen,
Und die Mondsichel lacht
Wie ein Faunsaug verstohlen.

Die Welt hält das Leben umschlungen
Im Strahl des Saturn.
Und durch das Träumen der Nacht
Sprüht es purpurn.

Jüx! Wollen uns im Schilfrohr
Mit Binsen aneinanderbinden
Und mit der Morgenröte Frühlicht
Den Süden unserer Liebe ergründen.

WINTERNACHT

(Cellolied)

Ich schlafe tief in starrer Winternacht,
Mir ist, ich lieg in Grabesnacht,
Als ob ich spät um Mitternacht gestorben sei
Und schon ein Sternenleben tot.

Zu meinem Kinde zog mein Glück
Und alles Leiden in das Leid zurück.
Nur meine Sehnsucht sucht sich heim
Und zuckt wie zähes Leben
Und stirbt.

Ich schlafe tief in starrer Winternacht,
Mir ist, ich lieg in Grabesnacht.

MAIROSEN

(Reigenlied für die großen Kinder)

Er hat seinen heiligen Schwestern versprochen
Mich nicht zu verführen,
Zwischen Mairosen hätte er fast
Sein Wort gebrochen,
Aber er machte drei Kreuze
Und ich glaubte heiß zu erfrieren.

Nun lieg ich im düstren Nadelwald,
Und der Herbst saust kalte Nordostlieder
Über meine Lenzglieder.

Aber wenn es wieder warm wird,
Wünsch ich den heiligen Schwestern beid
Hochzeit
Und wir – spielen dann unter den Mairosen.

DANN

… Dann kam die Nacht mit deinem Traum
Im stillen Sternebrennen.
Und der Tag zog lächelnd an mir vorbei
Und die wilden Rosen atmeten kaum.

Nun sehn ich mich nach Traumesmai,
Nach deinem Liebeoffenbaren.
Möchte an deinem Munde brennen
Eine Traumzeit von tausend Jahren.

ABEND

Es riß mein Lachen sich aus mir,
Mein Lachen mit den Kinderaugen,
Mein junges, springendes Lachen
Singt Tag der dunklen Nacht vor deiner Tür.

Es kehrte aus mir ein in dir
Zur Lust dein Trübstes zu entfachen –
Nun lächelt es wie Greisenlachen
Und leidet Jugendnot.

SCHEIDUNG

Hab in einer sternlodernden Nacht
Den Mann neben mir ums Leben gebracht.
Und als sein girrendes Blut gen Morgen rann,
Blickte mich düster sein Schicksal an.

DASEIN

Hatte wogendes Nachthaar,
Liegt lange schon wo begraben.
Hatte Augen wie Bäche klar,
Bevor die Trübsal mein Gast war,
Hatte Hände muschelrotweiß,
Aber die Arbeit verzehrte ihr Weiß.
Und einmal kommt der Letzte,
Der senkt den hohlen Blick
Nach meines Leibes Vergänglichkeit
Und wirft von mir alles Sterben.
Und es atmet meine Seele auf
Und trinkt das Ewige.

SEIN BLUT

Am liebsten pflückte er meines Glückes
Letzte Rose im Maien
Und würfe sie in den Rinnstein.
Sein Blut plagt ihn.

Am liebsten lockte er meiner Seele
Zitternden Sonnenstrahl
In seine düstre Nächtequal.

Am liebsten griff er mein spielendes Herz
Aus wiegendem Lenzhauch
Und hing es auf wo an einem Dornstrauch
. . . . Sein Blut plagt ihn.

KÜHLE

In den weißen Bluten
Der hellen Rosen
Möchte ich verfluten.

Doch auf den Teichen
Warten die starren, seelenlosen Wasserrosen,
Meiner Sehnsucht Kühle zu reichen.

CHAOS

Die Sterne fliehen schreckensbleich
Vom Himmel meiner Einsamkeit,
Und das schwarze Auge der Mitternacht
Starrt näher und näher.

Ich finde mich nicht wieder
In dieser Todverlassenheit,
Mir ist, ich lieg von mir weltenweit
Zwischen grauer Nacht der Urangst.

Ich wollte, ein Schmerzen rege sich
Und stürze mich grausam nieder
Und riß mich jäh an mich!
Und es lege eine Schöpferlust
Mich wieder in meine Heimat
Unter der Mutterbrust.

Meine Mutterheimat ist seeleleer,
Es blühen dort keine Rosen
Im warmen Odem mehr. –
.... Möcht einen Herzallerliebsten haben,
Und mich in seinem Fleisch vergraben.

LENZLEID

Daß du Lenz gefühlt hast
In meiner Winterhülle,
Daß du den Lenz erkannt hast
In meiner Todstille –
Nicht wahr, das ist Gram
Winter sein, eh der Sommer kam,
Eh der Lenz sich ausgejauchzt hat.

O, du! schenk mir deinen goldenen Tag
Von deines Blutes blühendem Rot.
Meine Seele friert vor Hunger,
Ist satt vom Reif –
O, du! Gieße dein Lenzblut
Durch meine Starre,
Durch meinen Scheintod.
Sieh, ich harre
Schon Ewigkeiten auf dich.

WELTSCHMERZ

Ich, der brennende Wüstenwind,
Erkaltete und nahm Gestalt an.

Wo ist die Sonne, die mich auflösen kann,
Oder der Blitz, der mich zerschmettern kann!

Blick nun, ein steinernes Sphinxhaupt,
Zürnend zu allen Himmeln auf.

MEIN DRAMA

Mit allen duftsüßen Scharlachblumen
Hat er mich gelockt,
Keine Nacht mehr hielt ich es im engen Zimmer aus,
Liebeskrumen stahl ich mir vor seinem Haus
Und sog mein Leben ihn ersehnend aus.
Es weint ein bleicher Engel leis in mir versteckt,
Ich glaube tief in meiner Seele;
Er fürchtet sich vor mir.
Im wilden Wetter sah ich mein Gesicht!
Ich weiß nicht wo, vielleicht im dunklen Blitz,
Mein Auge stand wie Winternacht im Antlitz,
Nie sah ich grimmigeres Leid.
.... Mit allen duftsüßen Scharlachblumen
Hat er mich gelockt,
Es regt sich wieder weh in meiner Seele
Und leitet mich durch all Erinnern weit.
Sei still mein wilder Engel mein,
Gott weine nicht
Und schweige von dem Leid,
Mein Schmerzen soll sich nicht entladen,
Den Faden, der mich hielt mit allen Leben,
Hab ich der Welt zurückgegeben
Freiwillig.
Auf allen Denkgesteinen wird mein Leiden brennen,
Um alles Blühen lohen, wie ein dunkler Bann.
Ich sehne mich nach meiner blindverstoßenen Einsamkeit
Trostsuchend wie mein Kind sie zu umarmen.

LIEBESSTERNE

Deine Augen harren vor meinem Leben
Wie Nächte, die sich nach Tagen sehnen,
Und der schwüle Traum liegt auf ihnen unergründet.

Seltsame Sterne starren zur Erde,
Eisenfarbene mit Sehnsuchtsschweifen,
Mit brennenden Armen die Liebe suchen
Und in die Kühle der Lüfte greifen.

SCHWARZE STERNE

Warum suchst du mich in unseren Nächten,
In Wolken des Hasses auf bösen Sternen!
Laß mich allein mit den Geistern fechten.

Sie schnellen vorbei auf Geyerschwingen
Aus längst vergessenen Wildlandfernen.
Eiswinde durch Lenzessingen.

Und du vergißt die Gärten der Sonne
Und blickst gebannt in die Todestrübe.
Ach, was irrst du hinter meiner Not.

SELBSTMORD

Wilde Fratzen schneidet der Mond in den Sumpf.
Es kreisen alle Welten dumpf;
Hätt ich erst diese überstanden!

Mein Herz, ein Skarabäenstein;
Blüht bunter Mai aus meinem Gebein
Und Meere rauschen durch Guirlanden.

Ich wollt, ich wär eine Katz geworden;
Der Kater schleicht sie lustzumorden
Im vollmondblutenden Abendschein.

Wie die Nacht voll grausamer Sehnsucht keimt –
Sie hat in mir oft zart geträumt
Und ist entstellt zur Fratze.

Der Tod selbst fürchtet sich zu zwein
Und kriecht in seinen Erdenschrein,
– Aber ich pack ihn mit meiner Tatze.

BALLADE

(Aus den sauerländischen Bergen)

Er hat sich
In ein verteufeltes Weib vergafft,
In sing Schwester!

Wie ein lauerndes Katzentier
Kauerte sie vor seiner Tür
Und leckte am Geld seiner Schwielen.

Im Wirtshaus bei wildem Zechgelag
Saß er und sie und zechten am Tag
Mit rohen Gesellen.

Und aus dem roten, lodernden Saft
Stieg er ein Riese aus zwergenhaft
Verkümmerten Gesellen.

Und ihm war, als blickte er weltenweit,
Und sie schürte den Wahn seiner Trunkenheit
Und lachte!

Und eine Krone von Felsgestein,
Von golddurchädertem Felsgestein
Wuchs ihm aus seinem Kopf.

Und die Säufer kreischten über den Spaß.
»Gott verdamm mich, ich bin der Satanas!«
Und der Wein sprühte Feuer der Hölle.

Und die Stürme sausten wie Weltuntergang,
Und die Bäume brannten am Bergeshang,
Es sang die Blutschande ....

Sie holten ihn um die Dämmerzeit,
Und die Gassenkinder schrien vor Freud
Und bewarfen ihn mit Unrat.

Seitdem spukt es in dieser Nacht,
Und Geister erscheinen in dieser Nacht,
Und die frommen Leute beten.

Sie schmückte mit Trauer ihren Leib,
Und der reiche Schankwirt nahm sie zum Weib,
Gelockt vom Sumpf ihrer Tränen.

– Und der mit der schweren Rotsucht im Blut
Wankt um die stöhnende Dämmerglut
Gespenstisch durch die Gassen.

Wie leidender Frevel,
Wie das frevelnde Leid,
Überaltert dem lässigen Leben.

Und er sieht die Weiber so eigen an,
Und sie fürchten sich vor dem stillen Mann
Mit dem Totenkopf.

DIR

Drum wein ich,
Daß bei deinem Kuß
Ich so nichts empfinde
Und ins Leere versinken muß.
Tausend Abgründe
Sind nicht so tief,
Wie diese große Leere.
Ich sinne im engsten Dunkel der Nacht,
Wie ich dirs ganz leise sage,
Doch ich habe nicht den Mut.
Ich wollte, es käme ein Südenwind,
Der dirs herübertrage,
Damit es nicht gar voll Kälte kläng
Und er dirs warm in die Seele säng
Kaum merklich durch dein Blut.

SCHULD

Als wir uns gestern gegenüber saßen,
Erschrak ich über deine Blässe,
Über die Leidenslinie deiner Wange.
Da kams, daß meine Gedanken mich vergaßen
Über der Leidenslinie deiner Wange.

Es trafen unsere Blicke sich wie Sternenfragen,
Es war ein goldenes Hin- und Herverweben
Und deine Augen glichen seidenen Mädchenaugen.
Du öffnetest die Lippen, mir zu sagen .....
Und meine Seele färbte sich in Matt,

Dumpf läutete noch einmal Brand mein Leben
Und schrumpfte dann zusammen wie ein Blatt.

NACHWEH

Weißt du noch, wie ich krank lag,
So gottverlassen –
Da kamst du,
Es war am Herbsttag,
Der Wind wehte krank durch die Gassen.

Zwei kalte Totenaugen
Hätten mich nicht so gequält,
Wie deine Saphiraugen,
Die beiden brennenden Märchen.

MEIN TANZLIED

Aus mir braust finstre Tanzmusik,
Meine Seele kracht in tausend Stücken;
Der Teufel holt sich mein Mißgeschick,
Um es ans brandige Herz zu drücken.

Die Rosen fliegen mir aus dem Haar
Und mein Leben saust nach allen Seiten,
So tanz ich schon seit tausend Jahr,
Seit meiner ersten Ewigkeiten.

VERGELTUNG

Hab hinter deinem trüben Grimm geschmachtet,
Und der Tod hat in meiner Seele genachtet
Und fraß meine Lenze.
Da kam ein Augenblick,
Ein spielender, jauchzender Augenblick
Und tanzte mir mir ins Leben zurück
Bis zur Grenze.
Aber das Netz meiner Augen zerriß
Vom plötzlichen Lichtglanz.
Wie soll ich nun die Goldzeiten auffangen!
Meine Seele die Goldlüfte einsaugen!
Der Tod hat sich fest an mein Leben gehangen,
Ich fühle immer stilleres Vergessen .....
Himmelszeichen künden Unheil an im Westen,
In der Sackgasse brütet Frucht ein Nebelbaum
Und winkt mir heimlich mit den Schattenästen –
Ja! Meine Seele soll Beklemmnis von ihm essen!
Und ein Alp auf dir liegen nachts im Traum.

ES WAR EINE EBBE IN MEINEM BLUT

Es war eine Ebbe in meinem Blut,
Es schrie wie brüllende Ozeane.
Und mit meiner Seele wehte der Tod
Wie mit einer Siegesfahne.

Zehn Könige standen um mein Bett,
Zehn stolze, leuchtende Sterne,
Sie tränkten mit Himmelstau meine Qual,
Alle Abende meine Erbqual.

Jäh rissen sich ihre Willen los,
Wie schneidende Winterstürme!
Über die Herzen hinweg!
Über das Leben hinweg!
Und ihr rasender Mut wuchs Türme!

Und sie schlugen meine Blutangst tot,
Wie Himmelsbrand blühte das Morgenrot,
Und mein Blaß schneite von ihren Wangen.

IM ANFANG

Hing an einer goldnen Lenzwolke,
Als die Welt noch Kind war
Und Gott noch junger Vater war.
Schaukelte hei
Auf dem Ätherei
Und meine Wollhärchen flitterten ringelrei.
Neckte den wackelnden Mondgroßpapa,
Naschte Sonne der Goldmama,
In den Himmel sperrte ich Satan ein,
Und Gott in die rauchende Hölle.
Die drohten mit ihrem größten Finger
Und haben »klumbumm, klumbumm« gemacht,
Und es sausten die Peitschenwinde;
Doch Gott hat nachher zwei Donner gelacht
Mit dem Teufel über meine Todsünde.
Würde 10000 Erdglück geben,
Noch einmal so gottgeboren zu leben,
So gottgeborgen, so offenbar.
        Ja, ja,
Als ich noch Gottes Schlingel war!

DER SIEBENTE TAG

ERKENNTNIS

Schwere steigt aus allen Erden auf
Und wir ersticken im Bleidunst,
Jedoch die Sehnsucht reckt sich
Und speit wie eine Feuersbrunst.
Es tönt aus allen wilden Flüssen
Das Urgeschrei, Evas Lied.
Wir reißen uns die Hüllen ab,
Vom Schall der Vorwelt hingerissen,
Ich nackt! Du nackt!

– – – – – – – – – – – – – – – – –

Wilder, Eva, bekenne schweifender,
Deine Sehnsucht war die Schlange,
Ihre Stimme wand sich über deine Lippe,
Und biß in den Saum deiner Wange.

Wilder, Eva, bekenne reißender,
Den Tag, den du Gott abrangst,
Da du zu früh das Licht sahst
Und in den blinden Kelch der Scham sankst.

Riesengroß
Steigt aus deinem Schoß
Zuerst wie Erfüllung zagend,
Dann sich ungestüm raffend,
Sich selbst schaffend
Gott-Seele . . . .

Und sie wächst
Über die Welt hinaus,
Ihren Anfang verlierend,
Über alle Zeit hinaus,
Und zurück um dein Tausendherz
Ende überragend …

Singe, Eva, dein banges Lied einsam,
Einsamer, tropfenschwer wie dein Herz schlägt,
Löse die düstere Tränenschnur,
Die sich um den Nacken der Welt legt.

Wie das Mondlicht wandele dein Antlitz ….
Du bist schön ….
Singe, singe, horch, den Rauscheton,
Spielt die Nacht auf deinem Goldhaar schon:

»Ich trank atmende Süße
Vom schillernden Aste
Aus holden Dunkeldolden.
Ich fürchte mich nun
Vor meinem wachenden Blick –
Verstecke mich, du –
Denn meine wilde Pein
    Wird Scham,
Verstecke mich, du,
Tief in das Auge der Nacht,
Daß mein Tag Nachtdunkel trage.
Dieses taube Getöse, das mich umwirrt!
Meine Angst rollt die Erdstufen herauf,
Düsterher, zu mir zurück, nachthin,
Kaum rastet eine Spanne zwischen uns.

Brich mir das glühende Eden von der Schulter!
Mit seinen kühlen Armen spielten wir,
Durch seine hellen Wolkenreife sprangen unsere Jubel.
Nun schnellen meine Zehe wie irre Pfeile über die Erde,
Und meine Sehnsucht kriecht in jähen Bogen mir voran.«

Eva, kehre um vor der letzten Hecke noch!
Wirf nicht Schatten mit dir,
Blühe aus, Verführerin.

Eva du heiße Lauscherin,
O, du schaumweiße Traube,
Flüchte um vor der Spitze deiner schmalsten Wimper noch!

LIEBESFLUG

Drei Stürme liebt ich ihn eher, wie er mich,
Jäh schrien seine Lippen,
Wie der geöffnete Erdmund!
Und Gärten berauschten an Mairegen sich.

Und wir griffen unsere Hände,
Die verlöteten wie Ringe sich;
Und er sprang mit mir auf die Lüfte
Gotthin, bis der Atem verstrich.

Dann kam ein leuchtender Sommertag,
Wie eine glückselige Mutter,
Und die Mädchen blickten schwärmerisch,
Nur meine Seele lag müd und zag.

WIR BEIDE

Der Abend weht Sehnen aus Blütensüße,
Und auf den Bergen brennt wie Silberdiamant der Reif,
Und Engelköpfchen gucken überm Himmelstreif,
Und wir beide sind im Paradiese.

Und uns gehört das ganze bunte Leben,
Das blaue große Bilderbuch mit Sternen!
Mit Wolkentieren, die sich jagen in den Fernen
Und hei! die Kreiselwinde, die uns drehn und heben!

Der liebe Gott träumt seinen Kindertraum
Vom Paradies – von seinen zwei Gespielen,
Und große Blumen sehn uns an von Dornenstielen . . .
Die düstre Erde hing noch grün am Baum.

DIE LIEBE

Es rauscht durch unseren Schlaf
Ein feines Wehen, Seide,
Wie pochendes Erblühen
Über uns beide.

Und ich werde heimwärts
Von deinem Atem getragen,
Durch verzauberte Märchen,
Durch verschüttete Sagen.

Und mein Dornenlächeln spielt
Mit deinen urtiefen Zügen,
Und es kommen die Erden
Sich an uns zu schmiegen.

Es rauscht durch unseren Schlaf
Ein feines Wehen, Seide –
Der weltalte Traum
Segnet uns beide.

TRAUM

Der Schlaf entführte mich in deine Gärten,
In deinen Traum – die Nacht war wolkenschwarz umwunden –
Wie düstere Erden starrten deine Augenrunden,
Und deine Blicke waren Härten –

Und zwischen uns lag eine weite, steife
Tonlose Ebene . . .
Und meine Sehnsucht, hingegebene,
Küßt deinen Mund, die blassen Lippenstreife.

MARGRET

Der Morgen ist bleich von Traurigkeit,
Es sind so viel junge Blumen gestorben,
Und du, o du bist gestorben,
Und mein Herz klagt eine Sehnsucht weit;

Über die ziellose Flut
Der blaublühenden Meere,
Und deine Mutter höre
Ich weinen in meinem Blut.

. . . Muß immer träumen
Von deinen tiefen Lenzaugen,
Die blickten wie wilde Knospen
Von gottalten Bäumen.

»TÄUBCHEN, DAS IN SEINEM EIGNEN BLUTE SCHWIMMT«

Als ich also diese Worte an mich las,
Erinnerte ich mich
Tausend Jahre meiner.

Eisige Zeiten verschollen – Leben vom Leben,
Wo liegt mein Leben –
Und träumt nach meinem Leben.

Ich lag allen Tälern im Schoß,
Umklammerte alle Berge,
Aber nie meine Seele wärmte mich.

Mein Herz ist die tote Mutter,
Und meine Augen sind traurige Kinder,
Die über die Lande gehen.

»Täubchen, das in seinem eigenen Blute schwimmt«.
Ja, diese Worte an mich sind heiße Tropfen,
Sind mein stilles Aufsterben
»Täubchen, das in seinem eigenen Blute schwimmt«.

In den Nächten sitzen sieben weinende Stimmen
Auf der Stufe des dunklen Tors
Und harren.

Auf den Hecken sitzen sie
Um meine Träume
Und tönen.

Und mein braunes Auge blüht
Halberschlossen vor meinem Fenster
Und zirpt. –
»Täubchen, das in seinem eigenen Blute schwimmt«.

EVA

Du hast deinen Kopf tief über mich gesenkt,
Deinen Kopf mit den goldenen Lenzhaaren,
Und deine Lippen sind von rosiger Seidenweichheit,
Wie die Blüten der Bäume Edens waren.

Und die keimende Liebe ist meine Seele.
O, meine Seele ist das vertriebene Sehnen,
Du liebzitterst vor Ahnungen –
... Und weißt nicht, warum deine Träume stöhnen.

Und ich liege schwer auf deinem Leben,
Eine tausendstämmige Erinnerung,
Und du bist so blutjung, so adamjung ...
Du hast deinen Kopf tief über mich gesenkt –.

UNSER STOLZES LIED

Aber fremde Tage hängen
Über uns mit kühlen Bläuen,
Und weiße Wolkenschollen dräuen,
Das goldene Strahleneiland zu verdrängen.

Auch wir beide sind besiegte Siegerinnen,
Und Kronen steigen uns vom Blut der Zeder,
Propheten waren unsere Väter,
Unsere Mütter Königinnen.

Und süße Schwermutwolken ranken
Sich über ihre Gräber lilaheiß in Liebeszeilen,
Unsere Leiber ragen stolz, zwei goldene Säulen,
Über das Abendland wie östliche Gedanken.

UNSER LIEBESLIED

Laß die kleinen Sterne stehn,
Lenzseits winken junge Matten
Meiner Welten, die nichts wissen vom Geschehn.

Und wir wollen unter Pinien
Heimlich beide umschlungen gehn,
In die blaue Allmacht sehn.

Zwischen Garben
Und Schilfrohrruten
Steigen Schlummer auf aus Farben.

Und von roten Abendlinien
Blicken Marmorwolkenfresken
Und verzückte Arabesken.

UNSER KRIEGSLIED

Unsere Arme schlingen sich entgegen
Durch das Leben in runden Schwingen,
Durch das Spiel von Feuerringen,
Zwei Äste sich durch Bogenwegen.

Unsere Seelen tragen scharfe Blüten
Und aus ihren Kelchen steigen
Weihedüfte ... und die Himmel neigen
Ihre Häupter mit den blauen Güten.

Unsere Willen sind zwei harte Degen
Und sie haben nie verfehlt gestritten,
Und wir dringen bis zum Erzkreis vor, in seiner Mitten
Fällt nach dürren Ewigkeiten Freudenregen,

Alles Sehnen nieder, und vor unserm Schilde
Stürzt das blinde Dämmergraugebilde.
Unsere Adern schmettern wie Posaunen!

Unsere Augen blicken sich in Blicken,
Wie zwei Siege sich erblicken –
Und die Nacht des Tages voll in Lichterstaunen.

NEBEL

Wir sitzen traurig Hand in Hand,
Die gelbe Sonnenrose,
Die strahlende Braut Gottes,
Leuchtet erdenabgewandt.

Und wie golden ihr Blick war,
Und unsere Augen weiten
Sich fragend wie Kinderaugen,
Weiß liegt die Sehnsucht schon auf unserm Haar.

Und zwischen den kahlen Buchen
Steigen ruhelose Dunkelheiten,
Auferstandene Nächte,
Die ihre weinenden Tage suchen.

Es schließen sich wie Rosen
Unsere Hände; du, wir wollen
Wie junge Himmel uns lieben
Im Kranz von grauen Grenzenlosen.

Ein tiefer Sommer wird schweben
Auf laubigen Flügeln zur Erde,
Und eine rauschende Süße
Strömt durch das schwermütige Leben.

Und was werden wir beide spielen .....
Wir halten uns fest umschlungen
Und kugeln uns über die Erde,
Über die Erde.

RUTH

Und du suchst mich vor den Hecken.
Ich höre deine Schritte seufzen
Und meine Augen sind schwere dunkle Tropfen.

In meiner Seele blühen süß deine Blicke
Und füllen sich,
Wenn meine Augen in den Schlaf wandeln.

Am Brunnen meiner Heimat
Steht ein Engel,
Der singt das Lied meiner Liebe,
Der singt das Lied Ruths.

SCHULZEIT

Unter süßem Veilchenhimmel
Ist unsere Liebe aufgegangen,
Und ich suche allerwegen
Nach dir und deinen Morgenwangen.

Und den Ringelrangelhaaren
Rötlichblonden Rosenlocken,
Und den frühlingshellen Augen
Die so frischfreifrohfrohlocken.

Zwischen dicken Gummipflanzen
Lauern hinter Irdentöpfen
Strickpicknadelspitze Augen,
Tücksch aus bitteren Frauenköpfen.

Daß die beiden alten Damen
Hinter unsere Liebe kamen
Und dich in Gewahrsam nahmen,
Sind die Dramen unserer Herzen.

GROTESKE

Seine Ehehälfte sucht der Mond,
Da sonst das Leben sich nicht lohnt.

Der Lenzschalk springt mit grünen Füßen,
Ein Heuschreck über die Wiesen.

Steif steht im Teich die Schmackeduzie,
Es sehnt und dehnt sich Fräulein Luzie.

DAS GEHEIMNIS

Die runde Ampel hängt wie eine Süßfrucht in der Nische,
Des Fensters beide Glasgestalten regen sich,
Der Paradiesbaum hinter ihnen bläht sich,
Und meine Hände fallen bleich vom Marmortische.

Und aus dem Abend tritt ein schwerer Duft,
Und unsere Heiterkeiten klingen ferne
Hellhin ..... wir sind auf einem greisen Sterne –
Wir Vier – und schwanken in der Luft.

Dein Auge füllt sich ... und ich ahne, wer ich bin –
Die zärtlich Glatte schlingt den Arm um deinen Leib und wittert,
Und der im Lichtschein beugt den Kopf, das Schweigen über uns gewittert,
Es blickt sich unser Blut um, hin zum Anbeginn.

Und siegeslockend schwingt der runde Odem uns ums Leben
Am Rand vorbei, der stille Kreis umkrampft uns.
Und Nähe sucht in Nähe zu verkriechen ...
Mein Arm hebt wie ein Schwert sich auf vor uns,
Versteinte Zeichen reißen sich aus Urgeweben.

Und draußen fällt ein bleicher, blinder Regen
Und tastet auf in hohlen, toten Fragen.
Wir sind von der Schlange noch nicht ausgetragen
Und finden das Ziel nicht in ihrem dunklen Bewegen.

NACHKLÄNGE

Auf den harten Linien
Meiner Siege
Laß ich meine späte Liebe tanzen.

Herzauf, seelehin,
Tanze, tanze meine späte Liebe,
Und ich lächle schwervergessene Lieder.

Und mein Blut beginnt zu wittern,
Sich zu sehnen
Und zu flattern.

Schon vor Sternzeiten
Wünschte ich mir diese blaue,
Helle, leuchteblaue Liebe.

Deine Augen singen
Schönheit,
Duftende ....

Auf den harten Linien
Meiner Siege
Laß ich meine späte Liebe tanzen.

Und ich schwinge sie –
»Fangt auf ihr Rosenhimmel,
Auf und nieder!«

Tanze, tanze meine späte Liebe,
Herzab, seelehin –
Arglos über stille Tiefen ....
Über mein bezwungenes Leben.

EVAS LIED

Die Luft ist von gährender Erde herb,
Und der nackte Märzwald sehnt sich
Wie du – o, ich wollte, ich würde der Frühling,
Mit lauter Märchen umblühte ich dich.

Wäre meine Kraft nicht tot!
Ich hab all das Nachleid tragen müssen,
Und mein tagendes Herzrot
Ist von grollenden Himmeln zerrissen.

Und deine Sinne sind kühl,
Und deine Augen sind zwei Morgenfrühen,
Und das Blondgewirr auf deiner Stirn
Glüht, als ob Sonnen sie besprühen.

Aber du bist vertrieben wie ich,
Weil du auf das Land meiner Seele sankst,
Als das Glück des Erkenntnistags aus mir schrie
Und seines Genießens Todangst.

MAIENREGEN

Du hast deine warme Seele
Um mein verwittertes Herz geschlungen,
Und all seine dunklen Töne
Sind wie ferne Donner verklungen.

Aber es kann nicht mehr jauchzen
Mit seiner wilden Wunde,
Und wunschlos in deinem Arme
Liegt mein Mund auf deinem Munde.

Und ich höre dich leise weinen,
Und es ist – die Nacht bewegt sich kaum –
Als fiele ein Maienregen
Auf meinen greisen Traum.

MEIN STILLES LIED

Mein Herz ist eine traurige Zeit,
Die tonlos tickt.

Meine Mutter hatte goldene Flügel,
Die keine Welt fanden.

Horcht, mich sucht meine Mutter,
Lichte sind ihre Finger und ihre Füße wandernde Träume.

Und süße Wetter mit blauen Wehen
Wärmen meine Schlummer

Immer in den Nächten,
Deren Tage meiner Mutter Krone tragen.

Und ich trinke aus dem Monde stillen Wein,
Wenn die Nacht einsam kommt.

Meine Lieder trugen des Sommers Bläue
Und kehrten düster heim.

Verhöhnt habt ihr mir meine Lippe
Und redet mit ihr.

Doch ich griff nach euren Händen,
Denn meine Liebe ist ein Kind und wollte spielen.

Einen nahm ich von euch und den zweiten
Und küßte ihn,

Aber meine Blicke blieben rückwärts gerichtet
Meiner Seele zu.

Arm bin ich geworden
An eurer bettelnden Wohltat.

Und ich wußte nichts vom Kranksein,
Und bin krank von euch,

Und nichts ist diebischer als Kränke,
Sie bricht dem Leben die Füße,

Stiehlt dem Grabweg das Licht,
Und verleumdet den Tod.

Aber mein Auge
Ist der Gipfel der Zeit,

Sein Leuchten küßt
Gottes Saum.

Und ich will euch noch mehr sagen,
Bevor es finster wird zwischen uns.

Bist du der Jüngste von euch,
So solltest du mein Ältestes wissen.

Auf deiner Seele werden es fortan
Alle Welten spielen.

Und die Nacht wird es wehklagen
Dem Tag.

Ich bin der Hieroglyph,
Der unter der Schöpfung steht.

Und ich artete mich nach euch,
Der Sehnsucht nach dem Menschen wegen.

Ich riß die ewigen Blicke von meinen Augen,
Das siegende Licht von meinen Lippen –

Weißt du einen schwereren Gefangenen,
Einen böseren Zauberer, denn ich.

Und meine Arme, die sich heben wollen,
Sinken . . .

MEIN VOLK

Der Fels wird morsch,
Dem ich entspringe
Und meine Gotteslieder singe ...
Jäh stürz ich vom Weg
Und riesele ganz in mir
Fernab, allein über Klagegestein
Dem Meer zu.

Hab mich so abgeströmt
Von meines Blutes
Mostvergorenheit.
Und immer, immer noch der Widerhall
In mir,
Wenn schauerlich gen Ost
Das morsche Felsgebein,
Mein Volk,
Zu Gott schreit.

ZEBAOTH

Gott, ich liebe dich in deinem Rosenkleide,
Wenn du aus deinen Gärten trittst, Zebaoth.
O, du Gottjüngling,
Du Dichter,
Ich trinke einsam von deinen Düften.

Meine erste Blüte Blut sehnte sich nach dir,
So komme doch,
Du süßer Gott,
Du Gespiele Gott,
Deines Tores Gold schmilzt an meiner Sehnsucht.

MEIN STERBELIED

Die Nacht ist weich von Rosensanftmut;
Komm, gib mir deine beiden Hände her,
Mein Herz pocht spät
Und durch mein Blut
Wandert die letzte Nacht und geht
Und naht so weit und ewig wie ein Meer.

Und hast du mich so sehr geliebt,
So nimm das Jubelndste von deinem Tag,
Gib mir das Gold, das keine Wolke trübt.

Es wallen Harmonien aus der Nachtlandferne –
Ich ziehe ein
Und werde Leben sein
Und Leben mich an Leben schmiegen,
Wenn über mir Paradiessterne
Ihre ersten Menschen wiegen.

STREITER

Und deine hellen Augen heben sich im Zorn,
Schwarz, wie die lange Nacht, und morgenlose.
Des Eitlen Stimme brüllt in toter Pose,
Wie durch ein enggebogenes Horn.

Und zwischen übermütigem Tausendlachen
Der Einen und der Zweiten und der Vielen
Zerbersten Wort an Worten sich aus Wetterschwielen
Wie reife Härten auf den lauten Schwachen.

Und Abendwinde, die von her und dort sich trafen
Und schrill in Kreiseleile sich beschielen,
Aufpfiffen fröstelnd über die gebohnten Dielen –
Ich konnte nachts vor Träumerei nicht schlafen.

Und meine Seele liegt wie eine bleiche Weite
Und hört das Leben mahlen in der Mühle,
Es löst sich auf in schwere Kühle,
Und ballt sich wieder heiß zum Streite.

WIR DREI

Unsere Seelen hingen an den Morgenträumen
Wie die Herzkirschen,
Wie lachendes Blut an den Bäumen.

Kinder waren unsere Seelen,
Als sie mit dem Leben spielten,
Wie die Märchen sich erzählen.

Und von weißen Azaleen
Sangen die Spätsommerhimmel
Über uns im Südwindwehen.

Und ein Kuß und ein Glauben
Waren unsere Seelen eins,
Wie drei Tauben.

MEIN LIEBESLIED

Wie ein heimlicher Brunnen
Murmelt mein Blut,
Immer von dir, immer von mir.

Unter dem taumelnden Mond
Tanzen meine nackten, suchenden Träume,
Nachtwandelnde Kinder,
Leise über düstere Hecken.

O, deine Lippen sind sonnig . . .
Diese Rauschedüfte deiner Lippen . . .
Und aus blauen Dolden silberumringt
Lächelst du . . . du, du.

Immer das schlängelnde Geriesel
Auf meiner Haut
Über die Schulter hinweg –
Ich lausche . . .

Wie ein heimlicher Brunnen
Murmelt mein Blut.

MEIN WANDERLIED

Zwölf Morgenhellen weit
Verschallt der Geist der Mitternacht,
Und meine Lippen haben ausgedacht
In stolzer Linie mit der Ewigkeit.

Torabwärts schreitet das Verflossene,
Indes sich meine Seele in dem Glanz der Lösung bricht,
Ihr tausendheißes, weißes Licht
Scheint mir voran ins Ungegossene.

Und ich wachse über all Erinnern weit –
So ferne Musik – und zwischen Kampf und Frieden
Steigen meine Blicke, Pyramiden,
Und sind die Ziele hinter aller Zeit.

DER LETZTE

Ich lehne am geschlossenen Lid der Nacht
Und horche in die Ruhe.

Alle Sterne träumen von mir,
Und ihre Strahlen werden goldener,
Und meine Ferne undurchdringlicher.

Wie mich der Mond umwandelt,
Immer blindes Geschimmer murmelnd,
Ein Derwisch ist er in seinem Wandeltanz.

Weißgelbenjung hing sein Schein
Schaumleicht an der Nacht,
Und jäh über die Wolken sein Lawinengedröhn
Immer grauab,
Mir zur Seite streifte sein Gold.

Mein Heimatmeer lauscht still in meinem Schoß,
Helles Schlafen – dunkles Wachen . . .
In meiner Hand liegt schwer mein Volk begraben,
Und Wetter ziehen schüchtern über mich.

Ich lehne am geschlossenen Lid der Nacht
Und horche in die Ruhe.

O, MEINE SCHMERZLICHE LUST...

Mein Traum ist eine junge, wilde Weide
Und schmachtet in der Dürre.
Wie die Kleider um den Tag brennen...
Alle Lande bäumen sich.

Soll ich dich locken mit dem Liede der Lerche
Oder soll ich dich rufen wie der Feldvogel?
Tuuh! Tuuh!

Wie die Silberähren
Um meine Füße sieden – – –
O, meine schmerzliche Lust
Weint wie ein Kind.

DER LETZTE STERN

Mein silbernes Blicken rieselt durch die Leere,
Nie ahnte ich, daß das Leben hohl sei.
Auf meinem leichtesten Strahl
Gleite ich wie über Gewebe von Luft
Die Zeit rundauf, kugelab,
Unermüdlicher tanzte nie der Tanz.
Schlangenkühl schnellt der Atem der Winde,
Säulen aus blassen Ringen sich auf
Und zerfallen wieder.
Was soll das klanglose Luftgelüste,
Dieses Schwanken unter mir,
Wenn ich über die Lende der Zeit mich drehe.
Eine sanfte Farbe ist mein Bewegen
Und doch küßte nie das frische Auftagen,
Nicht das jubelnde Blühen eines Morgen mich.
Es naht der siebente Tag –
Und noch ist das Ende nicht erschaffen.
Tropfen an Tropfen erlöschen
Und reiben sich wieder,
In den Tiefen taumeln die Wasser
Und drängen hin und stürzen erdenab.
Wilde, schimmernde Rauscharme
Schäumen auf und verlieren sich,
Und wie alles drängt und sich engt
Ins letzte Bewegen.
Kürzer atmet die Zeit
Im Schoß der Zeitlosen.
Hohle Lüfte schleichen
Und erreichen das Ende nicht,
Und ein Punkt wird mein Tanz
In der Blindnis.

HEIM

Unsere Zimmer haben blaue Wände,
Und wir wandeln leisehin durch Himmelweiten,
Und am Abend legen Innigkeiten
Mit Engelaugen ineinander unsere Hände.

Und wir erzählen uns Geschichten,
Bis der Morgen kommt in Silberglocken
Und dem Dämmersteine in den Locken,
Der Sonne winkt durchs Tor von Wolkenschichten;

Und wie sie tanzt auf unseren wiesenhellen
Teppichen, leicht über sanftverschlungene Blumenstiele!
Zum Liebeslauschen laden unsere Stühle,
Und von den Pfeilern fallen Seidenquellen.

SPHINX

Sie sitzt an meinem Bette in der Abendzeit
Und meine Seele tut nach ihrem Willen,
Und in dem Dämmerscheine, traumesstillen,
Engen wie Fäden dünn sich ihre Glanzpupillen
Um ihrer Sinne schläfrige Geschmeidigkeit.

Und auf dem Nebenbette an den Leinennähten
Knistern die Spitzenranken von Narzissen,
Und ihre Hände dehnen breit sich nach dem Kissen,
Auf dem noch Träume blühn aus seinen Küssen,
Herzsüßer Duft auf weißen Beeten.

Und lächelnd taucht die Mondfrau in die Wolkenwellen
Und meine bleichen, leidenden Psychen
Erstarken neu im Kampf mit Widersprüchen.

WELTENDE

Es ist ein Weinen in der Welt,
Als ob der liebe Gott gestorben wär,
Und der bleierne Schatten, der niederfällt,
Lastet grabesschwer.

Komm, wir wollen uns näher verbergen . . .
Das Leben liegt in aller Herzen
Wie in Särgen.

Du! wir wollen uns tief küssen –
Es pocht eine Sehnsucht an die Welt,
An der wir sterben müssen.

MEINE WUNDER

NUN SCHLUMMERT MEINE SEELE –

Der Sturm hat ihre Stämme gefällt,
O, meine Seele war ein Wald.

Hast du mich weinen gehört?
Weil deine Augen bang geöffnet stehn.
Sterne streuen Nacht
In mein vergossenes Blut.

Nun schlummert meine Seele
Zagend auf Zehen.

O, meine Seele war ein Wald;
Palmen schatteten,
An den Ästen hing die Liebe.
Tröste meine Seele im Schlummer.

ANKUNFT

Ich bin am Ziel meines Herzens angelangt.
Weiter führt kein Strahl.
Hinter mir laß ich die Welt,
Fliegen die Sterne auf: Goldene Vögel.

Hißt der Mondturm die Dunkelheit –
... O, wie mich leise eine süße Weise betönt ...
Aber meine Schultern heben sich, hochmütige Kuppeln.

VERSÖHNUNG

Es wird ein großer Stern in meinen Schoß fallen ...
Wir wollen wachen die Nacht,

In den Sprachen beten,
Die wie Harfen eingeschnitten sind.

Wir wollen uns versöhnen die Nacht –
So viel Gott strömt über.

Kinder sind unsere Herzen,
Die möchten ruhen müdesüß.

Und unsere Lippen wollen sich küssen,
Was zagst du?

Grenzt nicht mein Herz an deins –
Immer färbt dein Blut meine Wangen rot.

Wir wollen uns versöhnen die Nacht,
Wenn wir uns herzen, sterben wir nicht.

Es wird ein großer Stern in meinen Schoß fallen.

DIE STIMME EDENS

Wilder, Eva, bekenne schweifender,
Deine Sehnsucht war die Schlange,
Ihre Stimme wand sich über deine Lippe,
Und biß in den Saum deiner Wange.

Wilder, Eva, bekenne reißender,
Den Tag, den du Gott abrangst,
Da du zu früh das Licht sahst
Und in den blinden Kelch der Scham sankst.

Riesengroß
Steigt aus deinem Schoß
Zuerst wie Erfüllung zagend,
Dann sich ungestüm raffend,
Sich selbst schaffend,
Gottesseele ....

Und sie wächst
Über die Welt hinaus,
Ihren Anfang verlierend,
Über alle Zeit hinaus,
Und zurück um dein Tausendherz,
Ende überragend ....

Singe, Eva, dein banges Lied einsam,
Einsamer, tropfenschwer wie dein Herz schlägt,
Löse die düstere Tränenschnur,
Die sich um den Nacken der Welt legt.

Wie das Mondlicht wandele dein Antlitz,
Du bist schön ....
Singe, singe, horch, den Rauscheton
Spielt die Nacht und weiß nichts vom Geschehn.

Überall das taube Getöse –
Deine Angst rollt über die Erdstufen
Den Rücken Gottes herab.

Kaum rastet eine Spanne zwischen ihm und dir.
Birg dich tief in das Auge der Nacht,
Daß dein Tag nachtdunkel trage.

Himmel ersticken, die sich nach Sternen bücken –
Eva, Hirtin, es gurren
Die blauen Tauben in Eden.

Eva, kehre um vor der letzten Hecke noch!
Wirf nicht Schatten mit dir,
Blühe aus, Verführerin.

Eva, du heiße Lauscherin,
O du schaumweiße Traube,
Flüchte um vor der Spitze deiner schmalsten Wimper noch!

IN DEINE AUGEN

Blau wird es in deinen Augen –
Aber warum zittert all mein Herz
Vor deinen Himmeln.

Nebel liegt auf meiner Wange
Und mein Herz beugt sich zum Untergange.

VON WEIT

Dein Herz ist wie die Nacht so hell,
Ich kann es sehn
– Du denkst an mich – es bleiben alle Sterne stehn.

Und wie der Mond von Gold dein Leib
Dahin so schnell
Von weit er scheint.

WO MAG DER TOD MEIN HERZ LASSEN?

Immer tragen wir Herz vom Herzen uns zu.
Pochende Nacht
Hält unsere Schwellen vereint.

Wo mag der Tod mein Herz lassen?
In einem Brunnen, der fremd rauscht –

In einem Garten, der steinern steht –
Er wird es in einen reißenden Fluß werfen.

Mir bangt vor der Nacht,
Daran kein Stern hängt.

Denn unzählige Sterne meines Herzens
Vergolden deinen Blutspiegel.

Liebe ist aus unserer Liebe vielfältig erblüht.
Wo mag der Tod mein Herz lassen?

PHARAO UND JOSEPH

Pharao verstößt seine blühenden Weiber,
Sie duften nach den Gärten Amons.

Sein Königskopf ruht auf meiner Schulter,
Die strömt Korngeruch aus.

Pharao ist von Gold.
Seine Augen gehen und kommen
Wie schillernde Nilwellen.

Sein Herz aber liegt in meinem Blut;
Zehn Wölfe gingen an meine Tränke.

Immer denkt Pharao
An meine Brüder,
Die mich in die Grube warfen.

Säulen werden im Schlaf seine Arme
Und drohen!

Aber sein träumerisch Herz
Rauscht auf meinem Grund.

Darum dichten meine Lippen
Große Süßigkeiten,
Im Weizen unseres Morgens.

DAVID UND JONATHAN

In der Bibel stehn wir geschrieben
Buntumschlungen.

Aber unsere Knabenspiele
Leben weiter im Stern.

Ich bin David,
Du mein Spielgefährte;

O, wir färbten
Unsere weißen Widderherzen rot!

Wie die Knospen an den Liebespsalmen
Unter Feiertagshimmel.

Deine Abschiedsaugen aber –
Immer nimmst du still im Kusse Abschied.

Und was soll dein Herz
Noch ohne meines –

Deine Süßnacht
Ohne meine Lieder.

LEISE SAGEN –

Du nahmst dir alle Sterne
Über meinem Herzen.

Meine Gedanken kräuseln sich,
Ich muß tanzen.

Immer tust du das, was mich aufschauen läßt,
Mein Leben zu müden.

Ich kann den Abend nicht mehr
Über die Hecken tragen.

Im Spiegel der Bäche
Finde ich mein Bild nicht mehr.

Dem Erzengel hast du
Die schwebenden Augen gestohlen;

Aber ich nasche vom Seim
Ihrer Bläue.

Mein Herz geht langsam unter
Ich weiß nicht wo –

Vielleicht in deiner Hand.
Überall greift sie an mein Gewebe.

EIN ALTER TIBETTEPPICH

Deine Seele, die die meine liebet,
Ist verwirkt mit ihr im Teppichtibet.

Strahl in Strahl, verliebte Farben,
Sterne, die sich himmellang umwarben.

Unsere Füße ruhen auf der Kostbarkeit,
Maschentausendabertausendweit.

Süßer Lamasohn auf Moschuspflanzenthron,
Wie lange küßt dein Mund den meinen wohl
Und Wang die Wange buntgeknüpfte Zeiten schon?

ICH BIN TRAURIG

Deine Küsse dunkeln, auf meinem Mund.
Du hast mich nicht mehr lieb.

Und wie du kamst –!
Blau vor Paradies;

Um deinen süßesten Brunnen
Gaukelte mein Herz.

Nun will ich es schminken,
Wie die Freudenmädchen
Die welke Rose ihrer Lende röten.

Unsere Augen sind halb geschlossen,
Wie sterbende Himmel –

Alt ist der Mond geworden.
Die Nacht wird nicht mehr wach.

Du erinnerst dich meiner kaum.
Wo soll ich mit meinem Herzen hin?

ABEND

Hauche über den Frost meines Herzens
Und wenn du es zwitschern hörst,
Fürchte dich nicht vor seinem schwarzen Lenz.

Immer dachte das kalte Wundergespenst an mich
Und säete unter meinen Füßen – Schierling.

Nun prägt in Sternen auf meine Leibessäule
Ein weinender Engel die Inschrift.

UND SUCHE GOTT

Ich habe immer vor dem Rauschen meines Herzens gelegen,
Nie den Morgen gesehen,
Nie Gott gesucht.
Nun aber wandle ich um meines Kindes
Goldgedichtete Glieder
Und suche Gott.

Ich bin müde vom Schlummer,
Weiß nur vom Antlitz der Nacht.
Ich fürchte mich vor der Frühe,
Sie hat ein Gesicht
Wie die Menschen, die fragen.

Ich habe immer vor dem Rauschen meines Herzens gelegen;
Nun aber taste ich um meines Kindes
Gottgelichtete Glieder.

HEIMWEH

Ich kann die Sprache
Dieses kühlen Landes nicht,
Und seinen Schritt nicht gehn.

Auch die Wolken, die vorbeiziehn,
Weiß ich nicht zu deuten.

Die Nacht ist eine Stiefkönigin.

Immer muß ich an die Pharaonenwälder denken
Und küsse die Bilder meiner Sterne.

Meine Lippen leuchten schon
Und sprechen Fernes,

Und bin ein buntes Bilderbuch
Auf deinem Schoß.

Aber dein Antlitz spinnt
Einen Schleier aus Weinen.

Meinen schillernden Vögeln
Sind die Korallen ausgestochen,

An den Hecken der Gärten
Versteinern sich ihre weichen Nester.

Wer salbt meine toten Paläste –
Sie trugen die Kronen meiner Väter,
Ihre Gebete versanken im heiligen Fluß.

MEINE MUTTER

War sie der große Engel,
Der neben mir ging?

Oder liegt meine Mutter begraben
Unter dem Himmel von Rauch –
Nie blüht es blau über ihrem Tode.

Wenn meine Augen doch hell schienen
Und ihr Licht brächten.

Wäre mein Lächeln nicht versunken im Antlitz,
Ich würde es über ihr Grab hängen.

Aber ich weiß einen Stern,
Auf dem immer Tag ist;
Den will ich über ihre Erde tragen.

Ich werde jetzt immer ganz allein sein
Wie der große Engel,
Der neben mir ging.

RAST

Mit einem stillen Menschen will ich wandern
Über die Berge meiner Heimat,
Schluchzend über Schluchten,
Über hingestreckte Lüfte.

Überall beugen sich die Zedern
Und streuen Blüten.

Aber meine Schulter hängt herab
Von der Last des Flügels.
Suche ewige, stille Hände:
Mit meiner Heimat will ich wandern.

AN GOTT

Du wehrst den guten und den bösen Sternen nicht;
All ihre Launen strömen.
In meiner Stirne schmerzt die Furche,
Die tiefe Krone mit dem düsteren Licht.

Und meine Welt ist still –
Du wehrtest meiner Laune nicht.
Gott, wo bist du?

Ich möchte nah an deinem Herzen lauschen,
Mit deiner fernsten Nähe mich vertauschen,
Wenn goldverklärt in deinem Reich
Aus tausendseligem Licht
Alle die guten und die bösen Brunnen rauschen.

MARIE VON NAZARETH

Träume, säume, Marienmädchen –
Überall löscht der Rosenwind
Die schwarzen Sterne aus.
Wiege im Arme dein Seelchen.

Alle Kinder kommen auf Lämmern
Zottehotte geritten,
Gottlingchen sehen –

Und die vielen Schimmerblumen
An den Hecken –
Und den großen Himmel da
Im kurzen Blaukleide!

KETE PARSENOW

Du bist das Wunder im Land,
Rosenöl fließt unter deiner Haut,

Vom Gegold deiner Haare
Nippen Träume;
Ihre Deutungen verkünden Dichter.

Du bist dunkel vor Gold –
Auf deinem Antlitz erwachen
Die Nächte der Liebenden.

Ein Lied bist du
Gestickt auf Blondgrund,
Du stehst im Mond ...

Immer wiegen dich
Die Bambusweiden.

VOLLMOND

Leise schwimmt der Mond durch mein Blut . . .
Schlummernde Töne sind die Augen des Tages
Wandelhin – taumelher –

Ich kann deine Lippen nicht finden . . .
Wo bist du, ferne Stadt
Mit den segnenden Düften?

Immer senken sich meine Lider
Über die Welt – alles schläft.

MEINEM SO GELIEBTEN SPIELGEFÄHRTEN
SENNA HOY

In Moskau der Prinz Sascha
Saß sündlos gefangen sieben Jahr.

BALLADE

(Erste Fassung)

Trotzendes Gold seine Stirn war,
Süßer Todstrahl sein Haar,
Seine Lippen blühten am Altar.

Ob er kommt dieses Jahr –
Sein Herz pocht ganz nah.

Wo steck ich meinen Liebsten hin,
Da ich nur seine Blume bin –

Dem Dichter färbt er die Schläfe rot.
Mit der Axt schlägt er den Ritter tot.
Aber den König trifft er nicht,
Der hat meines Bruders steinern Gesicht.
O, Sascha!

BALLADE

(Zweite Fassung)

Sascha kommt aus Sibirien heim;
Wie er aussehn mag?

Trotzendes Gold seine Stirne war,
Süßer Todstrahl sein Haar,
Seine Lippen brannten am Altar.

Sascha trank meinen Herzseim
Jede Nacht, die am Traumhang lag.

Was er sagen mag –
Wie er klagen mag –

Wo steck ich meinen Liebsten hin?
Da ich ihm untreu war
Und doch nur seine Blume bin.

Dem Dichter färbt er die Schläfe rot,
Seine Ehre sticht den Wilddieb tot.

Aber den König trifft er nicht,
Der hat meines Bruders steinern Gesicht.
Sascha!

SENNA HOY

Wenn du sprichst,
Wacht mein buntes Herz auf.

Alle Vögel üben sich
Auf deinen Lippen.

Immerblau streut deine Stimme
Über den Weg;

Wo du erzählst, wird Himmel.

Deine Worte sind aus Lied geformt,
Ich traure, wenn du schweigst.

Singen hängt überall an dir –
Wie du wohl träumen magst?

MEIN LIEBESLIED

Auf deinen Wangen liegen
Goldene Tauben.

Aber dein Herz ist ein Wirbelwind,
Dein Blut rauscht, wie mein Blut –

Süß
An Himbeersträuchern vorbei.

O, ich denke an dich – –
Die Nacht frage nur.

Niemand kann so schön
Mit deinen Händen spielen,

Schlösser bauen, wie ich
Aus Goldfinger;

Burgen mit hohen Türmen!
Strandräuber sind wir dann.

Wenn du da bist,
Bin ich immer reich.

Du nimmst mich so zu dir,
Ich sehe dein Herz sternen.

Schillernde Eidechsen
Sind deine Geweide.

Du bist ganz aus Gold –
Alle Lippen halten den Atem an.

SIEHST DU MICH

Zwischen Erde und Himmel?
Nie ging einer über meinen Pfad.

Aber dein Antlitz wärmt meine Welt,
Von dir geht alles Blühen aus.

Wenn du mich ansiehst,
Wird mein Herz süß.

Ich liege unter deinem Lächeln
Und lerne Tag und Nacht bereiten,

Dich hinzaubern und vergehen lassen,
Immer spiele ich das eine Spiel.

EIN LIEBESLIED

Aus goldenem Odem
Erschufen uns Himmel.
O, wie wir uns lieben ...

Vögel werden Knospen an den Ästen,
Und Rosen flattern auf.

Immer suche ich nach deinen Lippen
Hinter tausend Küssen.

Eine Nacht aus Gold,
Sterne aus Nacht ...
Niemand sieht uns.

Kommt das Licht mit dem Grün,
Schlummern wir;
Nur unsere Schultern spielen noch wie Falter.

EIN LIED DER LIEBE

Seit du nicht da bist,
Ist die Stadt dunkel.

Ich sammle die Schatten
Der Palmen auf,
Darunter du wandeltest.

Immer muß ich eine Melodie summen,
Die hängt lächelnd an den Ästen.

Du liebst mich wieder –
Wem soll ich mein Entzücken sagen?

Einer Waise oder einem Hochzeitler,
Der im Widerhall das Glück hört.

Ich weiß immer,
Wann du an mich denkst –

Dann wird mein Herz ein Kind
Und schreit.

An jedem Tor der Straße
Verweile ich und träume;

Ich helfe der Sonne deine Schönheit malen
An allen Wänden der Häuser.

Aber ich magere
An deinem Bilde.

Um schlanke Säulen schlinge ich mich
Bis sie schwanken.

Überall steht Wildedel,
Die Blüten unseres Blutes.

Wir tauchen in heilige Moose,
Die aus der Wolle goldener Lämmer sind.

Wenn doch ein Tiger
Seinen Leib streckte

Über die Ferne, die uns trennt,
Wie zu einem nahen Stern.

Auf meinem Angesicht
Liegt früh dein Hauch.

EIN TRAUERLIED

Eine schwarze Taube ist die Nacht
... Du denkst so sanft an mich.

Ich weiß, dein Herz ist still,
Mein Name steht auf seinem Saum.

Die Leiden, die dir gehören,
Kommen zu mir.

Die Seligkeiten, die dich suchen,
Sammele ich unberührt.

So trage ich die Blüten deines Lebens
Weiter fort.

Und möchte doch mit dir stille stehn;
Zwei Zeiger auf dem Zifferblatt.

O, alle Küsse sollen schweigen
Auf beschienenen Lippen liebentlang.

Niemehr soll es früh werden,
Da man deine Jugend brach.

In deiner Schläfe
Starb ein Paradies.

Mögen sich die Traurigen
Die Sonne in den Tag malen.

Und die Trauernden
Schimmer auf ihre Wangen legen.

Im schwarzen Wolkenkelche
Steht die Mondknospe.

... Du denkst so sanft an mich.

SASCHA

Um deine Lippen blüht noch jung
Der Trotz dunkelrot,

Aber auf deiner Stirne sind meine Gebete
Vom Sturm verwittert.

Daß wir uns im Leben
Nie küssen sollten . . .

Nun bist du der Engel,
Der auf meinem Grab steht.

Das Atmen der Erde bewegt
Meinen Leib wie lebendig.

Mein Herz scheint hell
Vom Rosenblut der Hecken.

Aber ich bin tot, Sascha,
Und das Lächeln liegt abgepflückt
Nur noch kurz auf meinem Gesicht.

SENNA HOY

Seit du begraben liegst auf dem Hügel,
Ist die Erde süß.

Wo ich hingehe nun auf Zehen,
Wandele ich über reine Wege.

O deines Blutes Rosen
Durchtränken sanft den Tod.

Ich habe keine Furcht mehr
Vor dem Sterben.

Auf deinem Grabe blühe ich schon
Mit den Blumen der Schlingpflanzen.

Deine Lippen haben mich immer gerufen,
Nun weiß mein Name nicht mehr zurück.

Jede Schaufel Erde, die dich barg,
Verschüttete auch mich.

Darum ist immer Nacht an mir,
Und Sterne schon in der Dämmerung.

Und ich bin unbegreiflich unseren Freunden
Und ganz fremd geworden.

Aber du stehst am Tor der stillsten Stadt
Und wartest auf mich, du Großengel.

MEINEM REINEN LIEBESFREUND
HANS EHRENBAUM-DEGELE

Tristan kämpfte in Feindesland;
Viel Lieder hat er heimgesandt
Bis der Feind brach seinen Leib.

HANS EHRENBAUM-DEGELE

Er war der Ritter in Goldrüstung.
Sein Herz ging auf sieben Rubinen.

Darum trugen seine Tage
Den lauteren Sonntagsglanz.

Sein Leben war ein lyrisches Gedicht,
Die Kriegsballade sein Tod.

Er sang den Frauen Lieder
In süßerlei Abendfarben.

Goldnelken waren seine Augen,
Manchmal stand Tau in ihnen.

Einmal sagte er zu mir:
»Ich muß früh sterben.«

Da weinten wir beide
Wie nach seinem Begräbnis.

Seitdem lagen seine Hände
Oft in den meinen.

Immer hab ich sie gestreichelt,
Bis sie die Waffe ergriffen.

ALS ICH TRISTAN KENNEN LERNTE –

O,
Du mein Engel,
Wir schweben nur noch
In holden Wolken.

Ich weiß nicht, ob ich lebe
Oder süß gestorben bin
In deinem Herzen.

Immer feiern wir Himmelfahrt
Und viel, viel Schimmer.

Goldene Heiligenbilder
Sind deine Augen.

Sage – wie ich bin?
Überall wollen Blumen aus mir.

AN DEN GRALPRINZEN

Wenn wir uns ansehn,
Blühn unsere Augen.

Und wie wir staunen
Vor unseren Wundern – nicht?
Und alles wird so süß.

Von Sternen sind wir eingerahmt
Und flüchten aus der Welt.

Ich glaube wir sind Engel.

AN DEN PRINZEN TRISTAN

Auf deiner blauen Seele
Setzen sich die Sterne zur Nacht.

Man muß leise mit dir sein,
O, du mein Tempel,
Meine Gebete erschrecken dich;

Meine Perlen werden wach
Von meinem heiligen Tanz.

Es ist nicht Tag und nicht Stern,
Ich kenne die Welt nicht mehr,
Nur dich – alles ist Himmel.

AN DEN RITTER AUS GOLD

Du bist alles was aus Gold ist
In der großen Welt.

Ich suche deine Sterne
Und will nicht schlafen.

Wir wollen uns hinter Hecken legen,
Uns niemehr aufrichten.

Aus unseren Händen
Süße Träumerei küssen.

Mein Herz holt sich
Von deinem Munde Rosen.

Meine Augen lieben dich an,
Du haschst nach ihren Faltern.

Was soll ich tun,
Wenn du nicht da bist.

Von meinen Lidern
Tropft schwarzer Schnee;

Wenn ich tot bin,
Spiele du mit meiner Seele.

AN DEN RITTER

Gar keine Sonne ist mehr,
Aber dein Angesicht scheint.

Und die Nacht ohne Wunder,
Du bist mein Schlummer.

Dein Auge zuckt wie Sternschnuppe –
Immer wünsche ich mir etwas.

Lauter Gold ist dein Lachen,
Mein Herz tanzt in den Himmel.

Wenn eine Wolke kommt –
Sterbe ich.

AN TRISTAN

Ich kann nicht schlafen mehr,
Immer schüttelst du Gold über mich.

Und eine Glocke ist mein Ohr,
Wem vertraust du dich?

So hell wie du,
Blühen die Sträucher im Himmel.

Engel pflücken sich dein Lächeln
Und schenken es den Kindern.

Die spielen Sonne damit
Ja . .

GOTTFRIED BENN

Der hehre König Giselheer
Stieß mit seinem Lanzenspeer
Mitten in mein Herz.

O, DEINE HÄNDE

Sind meine Kinder.
Alle meine Spielsachen
Liegen in ihren Gruben.

Immer spiel ich Soldaten
Mit deinen Fingern, kleine Reiter,
Bis sie umfallen.

Wie ich sie liebe
Deine Bubenhände, die zwei.

GISELHEER DEM HEIDEN

Ich weine –
Meine Träume fallen in die Welt.

In meine Dunkelheit
Wagt sich kein Hirte.

Meine Augen zeigen nicht den Weg
Wie die Sterne.

Immer bettle ich vor deiner Seele;
Weißt du das?

Wär ich doch blind –
Dächte dann, ich läg in deinem Leib.

Alle Blüten täte ich
Zu deinem Blut.

Ich bin vielreich,
Niemandwer kann mich pflücken;

Oder meine Gaben tragen
Heim.

Ich will dich ganz zart mich lehren;
Schon weißt du mich zu nennen.

Sieh meine Farben,
Schwarz und stern

Und mag den kühlen Tag nicht,
Der hat ein Glasauge.

Alles ist tot,
Nur du und ich nicht.

GISELHEER DEM KNABEN

An meiner Wimper hängt ein Stern,
Es ist so hell
Wie soll ich schlafen –

Und möchte mit dir spielen.
– Ich habe keine Heimat –
Wir spielen König und Prinz.

GISELHEER DEM KÖNIG

Ich bin so allein
Fänd ich den Schatten
Eines süßen Herzens.

– Oder mir jemand
Einen Stern schenkte –

Immer fingen ihn
Die Engel auf
So hin und her.

Ich fürchte mich
Vor der schwarzen Erde.
Wie soll ich fort?

Möchte in den Wolken
Begraben sein,
Überall wo Sonne wächst,

Liebe dich so!
Du mich auch?
Sag es doch – – –

LAUTER DIAMANT

Ich hab in deinem Antlitz
Meinen Sternenhimmel ausgeträumt.

Alle meine bunten Kosenamen
Gab ich dir,

Und legte die Hand
Unter deinen Schritt,

Als ob ich dafür
Ins Jenseits käme.

Immer weint nun
Vom Himmel deine Mutter,

Da ich mich schnitzte
Aus deinem Herzfleische,

Und du so viel Liebe
Launisch verstießest.

Dunkel ist es –
Es flackert nur noch
Das Licht meiner Seele.

DAS LIED DES SPIELPRINZEN

Wie kann ich dich mehr noch lieben?
Ich sehe den Tieren und Blumen
Bei der Liebe zu.

Küssen sich zwei Sterne,
Oder bilden Wolken ein Bild –
Wir spielten es schon zarter.

Und deine harte Stirne,
Ich kann mich so recht an sie lehnen,
Sitz drauf wie auf einem Giebel.

Und in deines Kinnes Grube
Bau ich mir ein Raubnest –
Bis – du mich aufgefressen hast.

Find dann einmal morgens
Nur noch meine Kniee,
Zwei gelbe Skarabäen für eines Kaisers Ring.

HINTER BÄUMEN BERG ICH MICH

Bis meine Augen ausgeregnet haben,

Und halte sie tief verschlossen,
Daß niemand dein Bild schaut.

Ich schlang meine Arme um dich
Wie Gerank.

Bin doch mit dir verwachsen,
Warum reißt du mich von dir?

Ich schenkte dir die Blüte
Meines Leibes,

Alle meine Schmetterlinge
Scheuchte ich in deinen Garten.

Immer ging ich durch Granaten,
Sah durch dein Blut

Die Welt überall brennen
Vor Liebe.

Nun aber schlage ich mit meiner Stirn
Meine Tempelwände düster.

O du falscher Gaukler,
Du spanntest ein loses Seil.

Wie kalt mir alle Grüße sind,
Mein Herz liegt bloß,

Mein rot Fahrzeug
Pocht grausig.

Bin immer auf See
Und lande nicht mehr.

GISELHEER DEM TIGER

Über dein Gesicht schleichen die Dschungeln.
O, wie du bist!

Deine Tigeraugen sind süß geworden
In der Sonne.

Ich trag dich immer herum
Zwischen meinen Zähnen.

Du mein Indianerbuch,
Wild West,
Siouxhäuptling!

Im Zwielicht schmachte ich
Gebunden am Buxbaumstamm –

Ich kann nicht mehr sein
Ohne das Skalpspiel.

Rote Küsse malen deine Messer
Auf meine Brust –

Bis mein Haar an deinem Gürtel flattert.

KLEIN STERBELIED

So still ich bin,
All Blut rinnt hin.

Wie weich umher.
Nichts weiß ich mehr.

Mein Herz noch klein,
Starb leis an Pein.

War blau und fromm!
O Himmel, komm.

Ein tiefer Schall –
Nacht überall.

O GOTT

Überall nur kurzer Schlaf
Im Mensch, im Grün, im Kelch der Winde.
Jeder kehrt in sein totes Herz heim.

– Ich wollt die Welt wär noch ein Kind –
Und wüßte mir vom ersten Atem zu erzählen.

Früher war eine große Frömmigkeit am Himmel,
Gaben sich die Sterne die Bibel zu lesen.
Könnte ich einmal Gottes Hand fassen
Oder den Mond an seinem Finger sehn.

O Gott, o Gott, wie weit bin ich von dir!

HÖRE

Ich raube in den Nächten
Die Rosen deines Mundes,
Daß keine Weibin Trinken findet.

Die dich umarmt,
Stiehlt mir von meinen Schauern,
Die ich um deine Glieder malte.

Ich bin dein Wegrand.
Die dich streift,
Stürzt ab.

Fühlst du mein Lebtum
Überall
Wie ferner Saum?

PALMENLIED

O du Süßgeliebter,
Dein Angesicht ist mein Palmengarten,
Deine Augen sind schimmernde Nile
Lässig um meinen Tanz.

In deinem Angesicht sind verzaubert
Alle die Bilder meines Blutes,
Alle die Nächte, die sich in mir gespiegelt haben.

Wenn deine Lippen sich öffnen,
Verraten sie meine Seligkeiten.

Immer dieses Pochen nach dir –
Und hatte schon geopfert meine Seele.

Du mußt mich inbrünstig küssen,
Süßerlei Herzspiel;
Wir wollen uns im Himmel verstecken.

O du Süßgeliebter.

VERINNERLICHT

Ich denke immer ans Sterben,
Mich hat niemand lieb.

Ich wollt ich wär still Heiligenbild
Und alles in mir ausgelöscht.

Träumerisch färbte Abendrot
Meine Augen wund verweint.

Weiß nicht wo ich hin soll
Wie überall zu dir.

Bist meine heimliche Heimat
Und will nichts Leiseres mehr.

Wie blühte ich gern süß empor
An deinem Herzen himmelblau –

Lauter weiche Wege
Legte ich um dein pochend Haus.

NUR DICH

Der Himmel trägt im Wolkengürtel
Den gebogenen Mond.

Unter dem Sichelbild
Will ich in deiner Hand ruhn.

Immer muß ich wie der Sturm will,
Bin ein Meer ohne Strand.

Aber seit du meine Muscheln suchst,
Leuchtet mein Herz.

Das liegt auf meinem Grund
Verzaubert.

Vielleicht ist mein Herz die Welt,
Pocht –

Und sucht nur noch dich –
Wie soll ich dich rufen?

DEM BARBAREN

Deine rauhen Blutstropfen
Süßen auf meiner Haut.

Nenne meine Augen nicht Verräterinnen,
Da sie deine Himmel umschweben;

Ich lehne lächelnd an deiner Nacht
Und lehre deine Sterne spielen.

Und trete singend durch das rostige Tor
Deiner Seligkeit.

Ich liebe dich und nahe weiß
Und verklärt auf Wallfahrtzehen.

Trage dein hochmütiges Herz,
Den reinen Kelch den Engeln entgegen.

Ich liebe dich wie nach dem Tode
Und meine Seele liegt über dich gebreitet –

Meine Seele fing alle Leiden auf,
Dich erschüttern ihre schmerzlichen Bilder.

Aber so viele Rosen blühen,
Die ich dir schenken will;

O, ich möchte dir alle Gärten bringen
In einem Kranz.

Immer denke ich an dich,
Bis die Wolken sinken;

Wir wollen uns küssen –
Nicht?

DEM BARBAREN

Ich liege in den Nächten
Auf deinem Angesicht.

Auf deines Leibes Steppe
Pflanze ich Zedern und Mandelbäume.

Ich wühle in deiner Brust unermüdlich
Nach den goldenen Freuden Pharaos.

Aber deine Lippen sind schwer,
Meine Wunder erlösen sie nicht.

Hebe doch deine Schneehimmel
Von meiner Seele –

Deine diamantnen Träume
Schneiden meine Adern auf.

Ich bin Joseph und trage einen süßen Gürtel
Um meine bunte Haut.

Dich beglückt das erschrockene Rauschen
Meiner Muscheln.

Aber dein Herz läßt keine Meere mehr ein.
O du!

O ICH MÖCHT AUS DER WELT

Dann weinst du um mich.
Blutbuchen schüren
Meine Träume kriegerisch.

Durch finster Gestrüpp
Muß ich
Und Gräben und Wasser.

Immer schlägt wilde Welle
An mein Herz;
Innerer Feind.

O ich möchte aus der Welt!
Aber auch fern von ihr
Irr ich, ein Flackerlicht

Um Gottes Grab.

HANS ADALBERT VON MALTZAHN

Der Freiherr mußte Vicemalik sein
In meiner bunten Thebenstadt,
Als ich nach Rußland zog,
Prinz Sascha zu befrein.

AN HANS ADALBERT

Wenn du sprichst
Blühen deine Worte auf in meinem Herzen.

Über deine hellen Haare
Schweben meine Gedanken schwarzhin.

Du bist ganz aus Süderde und Liebe
Und Stern und Taumel.

Ich aber bin lange schon gestorben.
O, du meine Himmelsstätte . . .

DEM HERZOG VON LEIPZIG

Deine Augen sind gestorben;
Du warst so lange auf dem Meer.

Aber auch ich bin
Ohne Strand.

Meine Stirne ist aus Muschel.
Tang und Seestern hängen an mir.

Einmal möchte ich mit meiner ziellosen Hand
Über dein Gesicht fassen,

Oder eine Eidechse über deine Lippen
Liebentlang mich kräuseln.

Weihrauch strömt aus deiner Haut,
Und ich will dich feiern,

Dir bringen meine Gärten,
Überall blüht mein Herz bunt auf.

ABER DEINE BRAUEN SIND UNWETTER...

In der Nacht schweb ich ruhlos am Himmel
Und werde nicht dunkel vom Schlaf.

Um mein Herz schwirren Träume
Und wollen Süßigkeit.

Ich habe lauter Zacken an den Randen,
Nur du trinkst Gold unversehrt.

Ich bin ein Stern
In der blauen Wolke deines Angesichts.

Wenn mein Glanz in deinem Auge spielt,
Sind wir eine Welt.

Und würden entschlummern verzückt –
Aber deine Brauen sind Unwetter.

DU MACHST MICH TRAURIG – HÖR

Bin so müde.
Alle Nächte trag ich auf dem Rücken
Auch deine Nacht,
Die du so schwer umträumst.

Hast du mich lieb?
Ich blies dir arge Wolken von der Stirn
Und tat ihr blau.

Was tust du mir in meiner Todesstunde?

PAUL LEPPIN

Der König von Böhmen
Schenkte mir seine Dichtung Daniel Jesus.
Ich schlug sie auf und las: Der lieben, lieben, lieben,
lieben Prinzessin
Ich schrieb ihm auf einen himmelblauen
Bogen: Süßer Daniel Jesus Paul.

DEM KÖNIG VON BÖHMEN

Ich frage nicht mehr –
Ich weiß wer auf den Sternen wohnt ......

Mein Herz sinkt tief in die Nacht.
So sterben Liebende
Immer an zärtlichen Himmeln vorbei;

Und atmen wieder dem Morgen entgegen
Auf frühleisen Schweben.
Ich aber wandele mit den heimkehrenden Sternen.

Und ich habe viele schlafende Knospen ausgelöscht,
Will ihr Sterben nicht sehn,
Wenn die Rosenhimmel tanzen.

Aus dem Gold meiner Stirne leuchtet der Smaragd,
Der den Sommer färbt.
Ich bin eine Prinzessin.

Mein Herz sinkt tief in die Nacht
An Liebende vorbei.

DEM DANIEL JESUS PAUL

Du es ist Nacht –
Wir wollen unsere Sehnsucht teilen,
Und in die Goldgebilde blicken.

Vor meinem Herzen sitzt immer eine Tote
Und bettelt um Almosen.

Und summt meine Lieder
Schon einen weißgewordenen Sommer lang.

Über den Grabweg hinweg
Wollen wir uns lieben,

Tollkühne Knaben,
Könige, die sich nur mit dem Szepter berühren!

Frage nicht – ich lausche
Deiner Augen Rauschehonig.

Die Nacht ist eine weiche Rose,
Wir wollen uns in ihren Kelch legen,

Immer ferner versinken,
Ich bin müde vom Tod!

AN ZWEI FREUNDE

Ich blicke nachts in euren stillen Stern.
Es schwimmen Tränen braun um meinen Mandelkern
Und meine Schellen spielen süß am Kleiderrand.

Ich trage einen wilden Kork im Ohrlapp,
Und Monde tätowiert auf meiner Hand.
Versteinte Käfer fallen von der Schnur ab.

Ich liebe euer glitzernd Zackenland,
Und sehne mich nach goldnem Edelpunsche,
Aufglimme unsichtbar in eurem Wunsche.

LAURENCIS

Ich gab dir einen Namen
Wie eine fromme Guirlande.

Darum will ich ihn
Nur immer liebend rufen.

Du siehst mich golden schimmern
Durch mein Abendherz.

Und nicht so trübe
Wie der Nebel es staubfällig färbt.

Meine Seele spielte Auferstehn,
Wenn Augen wie schlafende Täler lagen.

Und ich kenne alle Engel,
Denen habe ich von dir erzählt.

Es blüht die Aster meines Mundes
Mit deiner Lippen Rittersporn.

Und ich wache vor unserer Liebe
Denn ihre Küsse sollen Knospen bleiben.

ABSCHIED

Aber du kamst nie mit dem Abend –
Ich saß im Sternenmantel.

... Wenn es an mein Haus pochte,
War es mein eigenes Herz.

Das hängt nun an jedem Türpfosten,
Auch an deiner Tür;

Zwischen Farren verlöschende Feuerrose
Im Braun der Guirlande.

Ich färbte dir den Himmel brombeer
Mit meinem Herzblut.

Aber du kamst nie mit dem Abend –
... Ich stand in goldenen Schuhen.

SAVARY LE DUC

Wie Perlen hängen seine Bilder
Schaumleicht an seidenen Wänden aufgereiht.

Mit goldenem Harz der Hagebutten
Und Rosenseime,
Malt er der Prinzen Liebeskleid.

Um ihren zarten Schultern tragen sie
An Ketten – Souvenir – im Medaillon
Verzückt des Freundes Paradeis.

Und ihre Hände spielen mit den Bächen
Und feinen Blumenstengeln
Und dem jungen Reis.

Und necken gern den Ziegenbock.
Glasäugig lauscht die graue Geiß.

Und ihre Leiber lieben sich
Wie süßgeblühte Bohnenstöcke,
Die sich bewegen kaum in ihrer Adeligkeit.

UNSER LIEBESLIED

Unter der Wehmut der Esche
Lächeln die Augen meiner Freundin.

Und ich muß weinen
Überall wo Rosen aufblühn.

Wir hören beide unseren Namen nicht –
Immer Nachtwandlerinnen zwischen den bunten Jünglingen.

Meine Freundin gaukelt mit dem Mond,
Unserm Sternenspiel folgen Erschrockene nach.

O, unsere Schwärmerei berauscht
Die Straßen und Plätze der Stadt.

Alle Träume lauschen gebannt hinter den Hecken
Kann nicht Morgen werden –

Und die seidige Nacht uns beiden
Tausendmalimmer um den Hals geschlungen.

Wie ich mich drehen muß!

Und meine Freundin küßt taumelnd den Rosigtau
Unter dem Düster des Trauerbaums.

ABDUL ANTINOUS

Deine Schlankheit fließt wie dunkles Geschmeide.
O du meine wilde Mitternachtssonne,
Küsse mein Herz, meine rotpochende Erde.

Wie groß aufgetan deine Augen sind –
Du hast den Himmel gesehn
So nah, so tief.

Und ich habe auf deiner Schulter
Mein Land gebaut –
Wo bist du?

Zögernd wie dein Fuß ist der Weg –
Sterne werden meine Blutstropfen ....
Du, ich liebe dich, ich liebe dich.

PABLO

Pablo nachts höre ich die Palmenblätter
Unter deinen Füßen rascheln.

Manchmal muß ich sehr weinen
Um dich vor Glück –

Dann wächst ein Lächeln
Auf deinem lässigen Lide.

Oder es geht dir eine seltene Freude auf:
Deines Herzens schwarze Aster.

Immer wenn du an Gärten vorbei
Das Ende deines Weges erblickst, Pablo,

– Es ist mein ewiger Liebesgedanke,
Der zu dir will.

Und oft wird Schimmer vom Himmel fallen,
Denn es sucht dich am Abend mein goldener Seufzer.

Bald kommt der schmachtende Monat
Über deine holde Stadt;

Unter dem Gartenbaum hängen
Wie bunte Trauben die Vögelscharen,

Und auch ich warte verzaubert
Von Traum behangen.

Du stolzer Eingeborener, Pablo,
Von deinem Angesicht atme ich fremde Liebeslaute;

In deiner Schläfe aber will ich meinen Glücksstern
pflanzen,
Mich berauben meiner leuchtenden Blüte.

ICH TRÄUME SO LEISE VON DIR

Immer kommen am Morgen schmerzliche Farben,
Die sind wie deine Seele.

O, ich muß an dich denken,
Und überall blühen so traurige Augen.

Und ich habe dir doch von großen Sternen erzählt,
Aber du hast zur Erde gesehn.

Nächte wachsen aus meinem Kopf,
Ich weiß nicht wo ich hin soll.

Ich träume so leise von dir,
Weiß hängt die Seide schon über meinen Augen.

Warum hast du nicht um mich
Die Erde gelassen – sage?

ABSCHIED

Ich wollte dir immerzu
Viele Liebesworte sagen,

Nun suchst du ruhlos
Nach verlorenen Wundern.

Aber wenn meine Spieluhren spielen
Feiern wir Hochzeit.

O, deine süßen Augen
Sind meine Lieblingsblumen.

Und dein Herz ist mein Himmelreich ....
Laß mich hineinschaun.

Du bist ganz aus glitzernder Minze
Und so weich versonnen.

Ich wollte dir immerzu
Viele Liebesworte sagen,

Warum tat ich das nicht?

DER MÖNCH

In deinem Blick schweben
Alle Himmel zusammen.

Immer hast du die Madonna angesehn,
Darum sind deine Augen überirdisch.

Und mein Herz wird ein Weihbecken,
Besterne dich mit meinem Blut;

Ich will der Tau deiner Frühe sein,
Deiner Abendsehnsucht pochendes Amen.

Du bist heilig zwischen bösem Tanz
Und schrillen Flöten.

Gottes Nachtigall bist du
In seinem Hirtentraum.

Deine Sünden wurden Musik,
Die bewegt süß meine Züge;

Deine Tränen tranken schlafende Blumen,
Die wieder Paradies werden sollen.

Ich liebe dich zauberisch wie im Spiegel des Bach[es]
Oder fern im wolkengerahmten Blau.

DEM MÖNCH

Ich taste überall nach deinem Schein.
Suchst du mich auch?

In meiner Stirne leuchtet
Der erblaßte Stern wieder,

Und sehe dich nur in der Welt,
Dein Lächeln immerfort.

Unsere himmelweißen Herzen
Erglühen im Schlaf.

O wir möchten uns küssen,
Aber es wäre wie Mord.

Ich stehe ganz bunt am Granatbaum
In einem Bilderbuch.

Manchmal schaust du auf mich –
Dann singen die Junivögel.

DEM MÖNCH

Meine Zehen wurden Knospen.
– Sieh, so komm ich zu dir.

Du bist am Rand über dem Tal
Die leuchtende Großkornblume;

Mit deinem Glück färbt sich
Der Himmel die Wangen blau.

Immer öffnet sich mein Wesen –
– Bin eine glitzernde Nische,

Aber du kommst nie zu deiner Anbetung,
Und morgen ist ewige Nacht.

Meine Sehnsucht ist im Sturm meiner Augen
Lange schon verwittert,

Die Korallen in meinem Blut
Sind ganz erblaßt.

Zwischen Dunkelheit verlischt mein Leben
Im scheidenden Antlitz des Mondes.

EIN LIED

Hinter meinen Augen stehen Wasser,
Die muß ich alle weinen.

Immer möcht ich auffliegen,
Mit den Zugvögeln fort;

Buntatmen mit den Winden
In der großen Luft.

O ich bin so traurig – – – –
Das Gesicht im Mond weiß es.

Drum ist viel samtne Andacht
Und nahender Frühmorgen um mich.

Als an deinem steinernen Herzen
Meine Flügel brachen,

Fielen die Amseln wie Trauerrosen
Hoch vom blauen Gebüsch.

Alles verhaltene Gezwitscher
Will wieder jubeln,

Und ich möchte auffliegen
Mit den Zugvögeln fort.

HEIMLICH ZUR NACHT

Ich habe dich gewählt
Unter allen Sternen.

Und bin wach – eine lauschende Blume
Im summenden Laub.

Unsere Lippen wollen Honig bereiten,
Unsere schimmernden Nächte sind aufgeblüht.

An dem seligen Glanz deines Leibes
Zündet mein Herz seine Himmel an –

Alle meine Träume hängen an deinem Golde,
Ich habe dich gewählt unter allen Sternen.

ST. PETER HILLE

war eine Welt,
Meteor stieß er von sich.

Aderlaß und Transfusion zugleich;
Blutgabe deinem Herzen geschenkt.

Ein finsterer Pflanzer ist er,
Dunkel fällt sein Korn und brüllt auf.

Immer Zickzack durch sein Gesicht,
Schwarzer Blitz.

Über ihm steht der Mond doppelt vergrößert.

FRANZ WERFEL

Ein entzückender Schuljunge ist er;
Lauter Lehrer spuken in seinem Lockenkopf.

Sein Name ist so mutwillig:
Franz Werfel.

Immer schreib ich ihm Briefe,
Die er mit Klecksen beantwortet.

Aber wir lieben ihn alle
Seines zarten, zärtlichen Herzens wegen.

Sein Herz hat Echo,
Pocht verwundert.

Und fromm werden seine Lippen
Im Gedicht.

Manches trägt einen staubigen Turban.
Er ist der Enkel seiner eigenen Verse.

Doch auf seiner Lippe
Ist eine Nachtigall gemalt.

Mein Garten singt,
Wenn er ihn verläßt.

Freude streut seine Stimme
Über den Weg.

Hinter deiner stolzen, ewigen Wimper gingen wir unter.
Schwermütige Sterne brannten auf deinem Lide.

Deine große Hand beugte das Meer
Und brach ihm die Perlen vom Grund.

Die Wüste war dein Schild
In der Schlacht.

An dich dürfen nur Dichter und Dichterinnen denken.
Mit dir nur Könige und Königinnen trauern.

Alle Leiber der Stadt ringeln sich
Giftig um deinen Leib.
Deine Schwester bespie den Traumstein deiner Liebe.

Du, ein beraubter Palast,
Judas schwankende Säule,
Völker bedrohend.

So arg mag nur ein Schöpfer lichtmitten
Seiner Reiche zerbersten.

KARL VOGT

Der ist aus Gold –
Wenn er auf die Bühne tritt,
Leuchtet sie.

Seine Hand ist ein Szepter,
Wenn sie Regie führt.

Den Trauerspielen Strindbergs
Setzt er Kronen auf,

Aus den Dichtungen Ibsens
Holt er die schwarzen Perlen all.

Er kann nur selbst den König spielen
Im Spiel.

Morgen wird er König sein –
Ich freu mich.

PAUL ZECH

Sing Groatvatter woar dat verwunschene Bäuerlein
Aus Grimm sinne Märchens.

Der Enkelsonn ist ein Dichter.
Paul Zech schreibt mit der Axt seine Verse.

Man kann sie in die Hand nehmen,
So hart sind die.

Sein Vers wird zum Geschick
Und zum murrenden Volk.

Er läßt Qualm durch sein Herz dringen;
Ein düsterer Beter.

Aber seine Kristallaugen blicken
Unzählige Male den Morgen der Welt.

PETER BAUM

Er war des Tannenbaums Urenkel,
Unter dem die Herren zu Elberfeld Gericht hielten.

Und freute sich an jedes glitzernd Wort
Und ließ sich feierlich plündern.

Dann leuchteten die beiden Saphire
In seinem fürstlichen Gesicht.

Immer drängte ich, wenn ich krank lag,
»Peter Baum soll kommen!!«

Kam er, war Weihnachten –
Ein Honigkuchen wurde dann mein Herz.

Wie konnten wir uns freuen!
Beide ganz egal.

Und oft bewachte er
Im Sessel schmausend meinen Schlummer.

Rote und gelbe Cyllaxbonbons aß er so gern;
Oft eine ganze Schüssel leer.

Nun schlummert unser lieber Pitter
Schon ewige Nächte lang.

»Wenn ich Euch alle glücklich erst
Im Himmel hätte –«

Sagte einmal gläubig zu den Söhnen
Seine Mutter.

Nun ist der Peter fern bewahrt
Im Himmel.

Und um des Dichters Riesenleib auf dem Soldatenkirchhof
Wächst sanft die Erde pietätvoll.

GEORG TRAKL

Georg Trakl erlag im Krieg von eigener Hand gefällt.
So einsam war es in der Welt. Ich hatt ihn lieb.

GEORG TRAKL

Seine Augen standen ganz fern.
Er war als Knabe einmal schon im Himmel.

Darum kamen seine Worte hervor
Auf blauen und auf weißen Wolken.

Wir stritten über Religion,
Aber immer wie zwei Spielgefährten,

Und bereiteten Gott von Mund zu Mund.
Im Anfang war das Wort.

Des Dichters Herz, eine feste Burg,
Seine Gedichte: Singende Thesen.

Er war wohl Martin Luther.

Seine dreifaltige Seele trug er in der Hand,
Als er in den heiligen Krieg zog.

– Dann wußte ich, er war gestorben –

Sein Schatten weilte unbegreiflich
Auf dem Abend meines Zimmers.

ALICE TRÜBNER

Ihr Angesicht war aus Mondstein,
Darum mußte sie immer träumen.

Durch die Seide ihrer Ebenholzhaare
Schimmerte Tausendundeinenacht.

Ihre Augen weihsagten.
Ein goldenes Bibelblatt war ihr Herz.

Sie thronte einen Himmel hoch
Über die Freunde.

O sie war eine Sternin –
Schimmer streute sie von sich.

Eine Herzogin war sie
Und krönte den armseligsten Gast.

Manchmal aber kam sie vom West:
Ein Wetter in Blitzfarben;

Die sind gefangen über Burgzacken
Im harten Rahmen.

Ihre Bilder viele,
Pietätvolle, bunte Briefe;

Manche aufbewahrt unter Glas
An den Wänden.

Aber auch Gläser und Gräser
Malte Alice Trübner.

Irgendwo zwischen sitzt ein Schelm,
Ein altmodisch dicker Puppenporzellankopf.

Oder sie malte huldvoll die Köchin
Als Frau Lucullus gelassen im Lehnstuhl.

Verwandelte strotzende Früchte in Rosen
Auf weißem Damast.

O, sie war eine Zauberin.

GEORG GROSZ

Manchmal spielen bunte Tränen
In seinen äschernen Augen.

Aber immer begegnen ihm Totenwagen,
Die verscheuchen seine Libellen.

Er ist abergläubig –
– Ward unter einem großen Stern geboren –

Seine Schrift regnet,
Seine Zeichnung: Trüber Buchstabe.

Wie lange im Fluß gelegen,
Blähen seine Menschen sich auf.

Mysteriöse Verlorene mit Quappenmäulern
Und verfaulten Seelen.

Fünf träumende Totenfahrer
Sind seine silbernen Finger.

Aber nirgendwo ein Licht im verirrten Märchen
Und doch ist er ein Kind,

Der Held aus dem Lederstrumpf
Mit dem Indianerstamm auf Duzfuß.

Sonst haßt er alle Menschen,
Sie bringen ihm Unglück.

Aber Georg Grosz liebt sein Mißgeschick
Wie einen anhänglichen Feind.

Und seine Traurigkeit ist dionysisch,
Schwarzer Champagner seine Klage.

Er ist ein Meer mit verhängtem Mond,
Sein Gott ist nur scheintot.

– Wie er daherkommt –
Trojanischer junger Priester
Auf grabaltem Holzgefäß.

Zwei Nachtschatten schlaftrinken
In seinem Mahagonikopf,
Seine Lippen küßte ein Gottmädchen hold.

– Wie er gefalten aufstrebt –
Immer tragen seine Schultern
Ehrfürchtigen Samt.

Seine Füße schreiten
Nur über gepflegte Wege,
Stolperten nie über Gestrüpp.

– Wie er gottverhalten ist –
Aus jedem Bild, das er malt,
Blickt allfarbig der Schöpfer.

MILLY STEGER

Milly Steger ist eine Bändigerin,
Haut Löwen und Panther in Stein.

Vor dem Spielhaus in Elberfeld
Stehen ihre Großgestalten;

Böse Tolpatsche, ernste Hännesken,
Clowne, die mit blutenden Seelen wehen.

Aber auch Brunnen, verschwiegene Weibsmopse
Zwingt Milly rätselhaft nieder.

Manchmal schnitzt die Gulliverin
Aus Zündhölzchen Adam und hinterrücks sein Weib.

Dann lacht sie wie ein Apfel;
Im stahlblauen Auge sitzt der Schalk.

Milly Steger ist eine Büffelin an Wurfkraft;
Freut sie sich auch an dem blühenden Kern der Büsche

LEO KESTENBERG

Seine Hände zaubern Musik durch stille Zimmer.
Zwischen uns sitzt dann der ehrwürdige Mond
Goldbehäbig im Lehnstuhl
Und versöhnt uns mit der Welt.

Wenn Leo Kestenberg Flügel spielt,
Ist er ein heiliger Mann;
Erweckt Liszt aus steinernem Schlaf,
Bach feiert Himmelfahrt.

Mit Schumann wird Leo ein Kind
Und Schwärmer am Süßfeuer Chopins.

Der dunkle Flügel verwandelt sich aber zur Orgel
Wenn Kestenberg eigene Rosen spielt.
Sein schweres Ebenholzherz frommütig aufhebt
Und weicher Musikregen uns durchrieselt.

LUDWIG HARDT

Seiner Heimat Erde ruht
An keiner Bergwand aus;

Ein weiter, weiter Schemel –
Friesland.

Ungehemmt wettern die Wetter
Und die stürmenden Gemüter dort.

Im lüttchen Städtchen Weener
Hockt Ludwigs zottigsteinern Elternnest.

Da einmal flog er mit den Herbstvögeln
Fort über die Ems.

Von hoher Vogelreinheit inbrünstig
Ohne Makel klopft sein Herz.

Und geharnischt ist seine Nase,
Seidene Spenderinnen die feinen Lippen,

Wenn sie die Verse Maria
Rainer Rilkes gastlich reichen.

Werden Rittersporn
In Liliencrons Balladengesängen;

Flattern wie Möven auf,
Lauter »Emmas«, wenn er entzückend

Uns mit Morgensterns
– frei nach Hardt – »kosmischer Meschuggas« beschenkt.

O, Ludwig Hardt liebt seine Dichter,
Die er spricht.

Und vermählt sich mit den Gedichten,
Die er schlicht zu sagen versteht.

Nie deklamiert er!
Das ist es eben.

UND DER PAUL GRAETZ

Der war der Großvatter in meinem Wupperkreise,
Um ihn hat sichs ja eigentlich gedreht.
Im himmelblauen Schlummerrock aus dem Gehäuse
»Tum Tingelingeling« schlich er noch mit dem Enkel spät.
Und unvergleichlich wieherte Paul Graetz in eigenartiger Weise,
Een ollet kränklich Roß, dat an der Seite tugenäht.

Ein Flamingo holte sich als Spielzeug
Den Hans Heinrich aus dem Teich.

Der Mondmann tanzt im goldenen Frack
Mit seinen Sternen Zick und Zack
Wenn Heinrich reimt im Chapeau Claque
In unserer Tacktick.

Er dichtet bis in Herrgottsfrüh
Liebenswürdige Parodie
Wolkenleicht und voll Esprit.

Glücklich schlägt seine Zuckeruhr;
Seine Augen lassen blaue Spur,
Adelige Vergißmeinnie.

WILHELM SCHMIDTBONN

Er ist der Dichter, dem der Schlüssel
Zur Steinzeit vermacht wurde.

Adam den Urkäfer trägt er,
Ein Skarabäus im Ring.

Wilhelm Schmidtbonn erzählt vom Paradies;
Reißt den verlogenen Nebel vom Baum:
Stolz blüht die Dolde der Erkenntnis.

Sein markisches Gesicht strömt immer
Zwei dämmerblaue Kräfte aus.

Er ist aus Laub und Rinde,
Morgenfrühe und Kentauerblut.

Wie oft schon ließ er sich zur Ader
Seine Werke zu tränken.
Sein neustes Versspiel stiert aus Einauge.

THEODOR DÄUBLER

Zwischen dem Spalt seiner Augen
Fließt dunkeler Golf.

Auf seinen Schultern trägt er den Mond
Durch die Wolken der Nacht.

Die Menschen werden Sterne um ihn
Und beginnen zu lauschen.

Er ist ungetrübt vom Ursprung,
Klar spiegelt sich das blaue Eden.

Er ist Adam und weiß alle Wesen
Zu rufen in der Welt.

Beschwört Geist und Getier
Und sehnt sich nach seinen Söhnen.

Schwer prangen an ihm Granatäpfel
Und spätes Geflüster der Bäume und Sträucher,

Aber auch das Gestöhn gefällter Stämme
Und die wilde Anklage der Wasser.

Es sammeln sich Werwolf und weißer Lawin,
Sonne und süßes Gehänge, viel, viel Wildweinlaune.

Evviva dir, Fürst von Triest!!

Der blaue Reiter ist gefallen, ein Großbiblischer, an dem der Duft Edens hing. Über die Landschaft warf er einen blauen Schatten. Er war der, welcher die Tiere noch reden hörte; und er verklärte ihre unverstandenen Seelen. Immer erinnerte mich der blaue Reiter aus dem Kriege daran: es genügt nicht alleine, zu den Menschen gütig zu sein, und was du namentlich an den Pferden, da sie unbeschreiblich auf dem Schlachtfeld leiden müssen, Gutes tust, tust du mir.

Er ist gefallen. Seinen Riesenkörper tragen große Engel zu Gott, der hält seine blaue Seele, eine leuchtende Fahne, in seiner Hand. Ich denke an eine Geschichte im Talmud, die mir ein Priester erzählte: wie Gott mit den Menschen vor dem zerstörten Tempel stand und weinte. Denn wo der blaue Reiter ging, schenkte er Himmel. So viele Vögel fliegen durch die Nacht, sie können noch Wind und Atem spielen, aber wir wissen nichts mehr hier unten davon, wir können uns nur noch zerhacken oder gleichgültig aneinander vorbeigehen. In dieser Nüchternheit erhebt sich drohend eine unermeßliche Blutmühle, und wir Völker alle werden bald zermahlen sein. Schreiten immerfort über wartende Erde. Der blaue Reiter ist angelangt; er war noch zu jung zu sterben.

Nie sah ich irgendeinen Maler gotternster und sanfter malen wie ihn. »Zitronenochsen« und »Feuerbüffel« nannte er seine Tiere, und auf seiner Schläfe ging ein Stern auf. Aber auch die Tiere der Wildnis begannen pflanzlich zu werden in seiner tropischen Hand. Tigerinnen verzauberte er zu Anemonen, Leoparden legte er das Geschmeide der Levkoje um; er sprach vom *reinen*

Totschlag, wenn auf seinem Bild sich der Panther die Gazell vom Fels holte. Er fühlte wie der junge Erzvater in der Bibelzeit, ein herrlicher Jakob er, der Fürst von Kana. Um seine Schultern schlug er wild das Dickicht; sein schönes Angesicht spiegelte er im Quell und sein Wunderherz trug er oftmals in Fell gehüllt, wie ein schlafendes Knäblein heim, über die Wiesen, wenn es müde war.

Das war alles vor dem Krieg.

Franz Marc, der blaue Reiter vom Ried,
Stieg auf sein Kriegspferd.
Ritt über Benediktbeuern herab nach Unterbayern,
Neben ihm sein besonnener, treuer Nubier
Hält ihm die Waffe.
Aber um seinen Hals trägt er mein silbergeprägtes Bild
Und den todverhütenden Stein seines teuren Weibes.
Durch die Straßen von München hebt er sein biblisches Haupt
Im hellen Rahmen des Himmels.
Trost im stillenden Mandelauge,
Donner sein Herz.
Hinter ihm und zur Seite viele, viele Soldaten.

CARL SONNENSCHEIN

Ein Engel schreitet unsichtbar durch unsere Stadt,
Zu sammeln Liebe für den Heimgekehrten,
Der noch den Nächsten – über sich – geliebet hat. –

Schon eine Träne für den Liebenswerten,
Ein Auge, das für seine Seele leuchtet,
Ein reines Wort, von deines Mundes rotem Blatt –

Für ihn, dem alle Sorgen ihr gebeichtet;
In seinem herben Troste lag schon seine Tat.

MEINE SCHÖNE MUTTER

blickte immer auf Venedig

MUTTER

Ein weißer Stern singt ein Totenlied
 In der Julinacht.
Wie Sterbegeläut in der Julinacht.
Und auf dem Dach die Wolkenhand,
Die streifende feuchte Schattenhand
Sucht nach meiner Mutter.

Ich fühle mein nacktes Leben,
Es stößt sich ab vom Mutterland,
So nackt war nie mein Leben,
So in die Zeit gegeben,
Als ob ich abgeblüht
Hinter des Tages Ende
Zwischen weiten Nächten stände,
 Alleine.

MUTTER

O Mutter, wenn du leben würdest,
Dann möcht ich spielen in deinem Schoß.

Mir ist bang und mein Herz schmerzt
Von der vielen Pein.
Überall sprießt Blutlaub.

Wo soll mein Kind hin?
Ich baute keinen Pfad froh,
Alle Erde ist aufgewühlt.

Liebe, liebe Mutter.

MEINER SCHWESTER ANNA DIESES LIED

Mein Herz liegt in einem Epheukranz.
Es kann nicht mehr welken,
Es kann nicht mehr blühn,
O, meine Schwester ...

Fern verglomm Todesleuchten
In ihren schönen Augen,
Die waren zwei Sternbilder,
In die Kinder blickten.

Gott, wie schwarz die Nacht war!
Keine Sonne vermag mehr
Ein Lächeln zu finden
In meinem Angesicht.

MEIN KIND

Mein Kind schreit auf um die Mitternacht
Und ist so heiß aus dem Traum erwacht.

Gäb ihm so gern meines Blutes Mai,
Spräng nur mein bebendes Herz entzwei.

Der Tod schleicht im Hyänenfell
Am Himmelsstreif im Mondeshell.

Aber die Erde im Blütenkeusch
Singt Lenz im kreisenden Weltgeräusch.

Und wundersüß küßt der Maienwind
Als duftender Gottesbote mein Kind.

MEINLINGCHEN

Meinlingchen, sieh mich an –
Dann schmeicheln tausend Lächeln mein Gesicht,
Und tausend Sonnenwinde streicheln meine Seele,
Hast wie ein Wirbelträumlein
Unter ihren Fittichen gelegen.

Nie war so lenzensüß mein Blut,
Als dich mein Odem tränkte,
Die Quellen Edens müssen so geduftet haben;
Bis dich der rote Sturm
Aus süßem Dunkel
Von meinen Herzwegen pflückte
Und dich in meine Arme legte,
In ein Bad von Küssen.

DIE PAVIANMUTTER SINGT IHR PAVIÄNCHEN IN DEN SCHLAF

(Wiegenliedchen)

Schlafe, schlafe,
Mein Rosenpöpöchen,
Mein Zuckerläuschen,
Mein Goldflöhchen,

Morgen wird die Kaiserin aus Asien kommen
Mit Zucker, Schokoladen und Bombommen,

Schnell, schnell,
Haase Haase machen,
Sonst kriegt Blaumäulchen nichts von den Sachen.

EIN TICKTACKLIEDCHEN FÜR PÄULCHEN

Mein Hämmerchen, mein Kämmerchen
Pamm pamm, pumm pumm
pamm pamm, pumm pumm

Mein Schläferchen, mein Käferchen
pumm pumm, pamm pamm,
pumm pumm, pamm pamm,

Mein Uhrchen tick, mein Türchen tack
tick tack, tick tack
knackknack, ticktack.

ANTINOUS

Der kleine Süßkönig
Muß mit goldenen Bällen spielen.

Im bunten Brunnen
Blaugeträufel, honiggold,
Seine Spielehände kühlen.

Antinous,
Wildfang, Güldklang,
Kuchenkorn mahlen alle Mühlen.

Antinous,
Du kleiner Spielkönig,
In den Himmel fährt es schön auf Schaukelstühlen.

O, wie lustige Falter seine Augen sind
Und die Schelme all in seiner Wange,
Und sein Herzchen beißt, will mans befühlen.

DER ALTE TEMPEL IN PRAG

Tausend Jahre zählt der Tempel schon in Prag;
Staubfällig und ergraut ist längst sein Ruhetag
Und die alten Väter schlossen seine Gitter.

Ihre Söhne ziehen nun in die Schlacht.
Der zerborstene Synagogenstern erwacht,
Und er segnet seine jungen Judenritter.

Wie ein Glücksstern über Böhmens Judenstadt,
Ganz aus Gold, wie nur der Himmel Sterne hat.
Hinter seinem Glanze beten wieder Mütter.

MEIN LIED

Schlafend fällt das nächtliche Laub,
O, du stiller dunkelster Wald . . . .

Kommt das Licht mit dem Himmel,
Wie soll ich wach werden?
Überall wo ich gehe,
Rauscht ein dunkler Wald;

Und bin doch dein spielender Herzschelm, Erde,
Denn mein Herz murmelt das Lied
Moosalter Bäche der Wälder.

MEIN STILLES LIED

Mein Herz ist eine traurige Zeit,
Die tonlos tickt.

Meine Mutter hatte goldene Flügel,
Die keine Welt fanden.

Horcht, mich sucht meine Mutter,
Lichte sind ihre Finger und ihre Füße wandernde Träume.

Und süße Wetter mit blauen Wehen
Wärmen meine Schlummer

Immer in den Nächten,
Deren Tage meiner Mutter Krone tragen.

Und ich trinke aus dem Monde stillen Wein,
Wenn die Nacht einsam kommt.

Meine Lieder trugen des Sommers Bläue
Und kehrten düster heim.

– Ihr verhöhntet meine Lippe
Und redet mit ihr. –

Doch ich griff nach euren Händen,
Denn meine Liebe ist ein Kind und wollte spielen.

Und ich artete mich nach euch,
Weil ich mich nach dem Menschen sehnte.

Arm bin ich geworden
An eurer bettelnden Wohltat.

Und das Meer wird es wehklagen
Gott.

Ich bin der Hieroglyph,
Der unter der Schöpfung steht

Und mein Auge
Ist der Gipfel der Zeit;

Sein Leuchten küßt Gottes Saum.

DAS LIED MEINES LEBENS

Sieh in mein verwandertes Gesicht . . .
Tiefer beugen sich die Sterne.
Sieh in mein verwandertes Gesicht.

Alle meine Blumenwege
Führen auf dunkle Gewässer,
Geschwister, die sich tödlich stritten.

Greise sind die Sterne geworden . . .
Sieh in mein verwandertes Gesicht.

GEBET

Ich suche allerlanden eine Stadt,
Die einen Engel vor der Pforte hat.
Ich trage seinen großen Flügel
Gebrochen schwer am Schulterblatt
Und in der Stirne seinen Stern als Siegel.

Und wandle immer in die Nacht . . .
Ich habe Liebe in die Welt gebracht –
Daß blau zu blühen jedes Herz vermag,
Und hab ein Leben müde mich gewacht,
In Gott gehüllt den dunklen Atemschlag.

O Gott, schließ um mich deinen Mantel fest;
Ich weiß, ich bin im Kugelglas der Rest,
Und wenn der letzte Mensch die Welt vergießt
Du mich nicht wieder aus der Allmacht läßt
Und sich ein neuer Erdball um mich schließt.

HEBRÄISCHE BALLADEN

VERSÖHNUNG

Es wird ein großer Stern in meinen Schoß fallen ...
Wir wollen wachen die Nacht,

In den Sprachen beten,
Die wie Harfen eingeschnitten sind.

Wir wollen uns versöhnen die Nacht –
So viel Gott strömt über.

Kinder sind unsere Herzen,
Die möchten ruhen müdesüß.

Und unsere Lippen wollen sich küssen,
Was zagst du?

Grenzt nicht mein Herz an deins –
Immer färbt dein Blut meine Wangen rot.

Wir wollen uns versöhnen die Nacht,
Wenn wir uns herzen, sterben wir nicht.

Es wird ein großer Stern in meinen Schoß fallen.

MEIN VOLK

Der Fels wird morsch,
Dem ich entspringe
Und meine Gotteslieder singe ...
Jäh stürz ich vom Weg
Und riesele ganz in mir
Fernab, allein über Klagegestein
Dem Meer zu.

Hab mich so abgeströmt
Von meines Blutes
Mostvergorenheit.
Und immer, immer noch der Widerhall
In mir,
Wenn schauerlich gen Ost
Das morsche Felsgebein,
Mein Volk,
Zu Gott schreit.

ABEL

Kains Augen sind nicht gottwohlgefällig,
Abels Angesicht ist ein goldener Garten,
Abels Augen sind Nachtigallen.

Immer singt Abel so hell
Zu den Saiten seiner Seele,
Aber durch Kains Leib führen die Gräben der Stadt.

Und er wird seinen Bruder erschlagen –
Abel, Abel, dein Blut färbt den Himmel tief.

Wo ist Kain, da ich ihn stürmen will:
Hast du die Süßvögel erschlagen
In deines Bruders Angesicht?!!

ABRAHAM UND ISAAK

Abraham baute in der Landschaft Eden
Sich eine Stadt aus Erde und aus Blatt
Und übte sich mit Gott zu reden.

Die Engel ruhten gern vor seiner frommen Hütte
Und Abraham erkannte jeden;
Himmlische Zeichen ließen ihre Flügelschritte.

Bis sie dann einmal bang in ihren Träumen
Meckern hörten die gequälten Böcke,
Mit denen Isaak Opfern spielte hinter Süßholzbäumen.

Und Gott ermahnte: Abraham!!
Er brach vom Kamm des Meeres Muscheln ab und Schwamm
Hoch auf den Blöcken den Altar zu schmücken.

Und trug den einzigen Sohn gebunden auf den Rücken
Zu werden seinem großen Herrn gerecht –
Der aber liebte seinen Knecht.

HAGAR UND ISMAEL

Mit Muscheln spielten Abrahams kleine Söhne
Und ließen schwimmen die Perlmutterkähne;
Dann lehnte Isaak bang sich an den Ismael

Und traurig sangen die zwei schwarzen Schwäne
Um ihre bunte Welt ganz dunkle Töne,
Und die verstoßne Hagar raubte ihren Sohn sich schnell.

Vergoß in seine kleine ihre große Träne,
Und ihre Herzen rauschten wie der heilige Quell,
Und übereilten noch die Straußenhähne.

Die Sonne aber brannte auf die Wüste grell
Und Hagar und ihr Knäblein sanken in das gelbe Fell
Und bissen in den heißen Sand die weißen Negerzähne.

JAKOB UND ESAU

Rebekkas Magd ist eine himmlische Fremde,
Aus Rosenblättern trägt die Engelin ein Hemde
Und einen Stern im Angesicht.

Und immer blickt sie auf zum Licht,
Und ihre sanften Hände lesen
Aus goldenen Linsen ein Gericht.

Jakob und Esau blühn an ihrem Wesen
Und streiten um die Süßigkeiten nicht,
Die sie in ihrem Schoß zum Mahle bricht.

Der Bruder läßt dem jüngeren die Jagd
Und all sein Erbe für den Dienst der Magd;
Um seine Schultern schlägt er wild das Dickicht.

JAKOB

Jakob war der Büffel seiner Herde.
Wenn er stampfte mit den Hufen,
Sprühte unter ihm die Erde.

Brüllend ließ er die gescheckten Brüder.
Rannte in den Urwald an die Flüsse,
Stillte dort das Blut der Affenbisse.

Durch die müden Schmerzen in den Knöcheln
Sank er vor dem Himmel fiebernd nieder,
Und sein Ochsgesicht erschuf das Lächeln.

JOSEPH WIRD VERKAUFT

Die Winde spielten müde mit den Palmen noch,
So dunkel war es schon um Mittag in der Wüste,
Und Joseph sah den Engel nicht, der ihn vom Himmel grüßte,
Und weinte, da er für des Vaters Liebe büßte,
Und suchte nach dem Cocos seines schattigen Herzens doch.

Der bunte Brüderschwarm zog wieder nach Gottosten,
Und er bereute seine schwere Untat schon,
Und auf den Sandweg fiel der schnöde Silberlohn.
Die fremden Männer aber ketteten des Jakobs Sohn,
Bis ihm die Häute drohten mit dem Eisen zu verrosten.

So oft sprach Jakob inbrünstig zu seinem Herrn,
Sie trugen gleiche Bärte, Schaum, von einer Eselin gemolken.
Und Joseph glaubte jedesmal, – sein – Vater blicke aus den Wolken ...
Und eilte über heilige Bergeshöhen, ihm nachzufolgen,
Bis er dann ratlos einschlief unter einem Stern.

Die Käufer lauschten dem entrückten Knaben,
Des Vaters Andacht atmete aus seinem Haare;
Und sie entfesselten die edelblütige Ware.
Und drängten sich, zu tragen Kanaans Prophet in einer Bahre,
Wie die bebürdeten Kamele durch den Sand zu traben.

Ägypten glänzte feierlich in goldenen Mantelfarben,
Da dieses Jahr die Ernte auf den Salbtag fiel.
Die kleine Karawane – endlich – nahte sie dem Ziel.
Sie trugen Joseph in das Haus des Potiphars am Nil.
An seinem Traume hingen aller Deutung Garben.

PHARAO UND JOSEPH

Pharao verstößt seine blühenden Weiber,
Sie duften nach den Gärten Amons.

Sein Königskopf ruht auf meiner Schulter,
Die strömt Korngeruch aus.

Pharao ist von Gold.
Seine Augen gehen und kommen
Wie schillernde Nilwellen.

Sein Herz aber liegt in meinem Blut;
Zehn Wölfe gingen an meine Tränke.

Immer denkt Pharao
An meine Brüder,
Die mich in die Grube warfen.

Säulen werden im Schlaf seine Arme
Und drohen!

Aber sein träumerisch Herz
Rauscht auf meinem Grund.

Darum dichten meine Lippen
Große Süßigkeiten,
Im Weizen unseres Morgens.

MOSES UND JOSUA

Als Moses im Alter Gottes war,
Nahm er den wilden Juden Josua
Und salbte ihn zum König seiner Schar.

Da ging ein Sehnen weich durch Israel –
Denn Josuas Herz erquickte wie ein Quell.
Des Bibelvolkes Judenleib war sein Altar.

Die Mägde mochten den gekrönten Bruder gern –
Wie heiliger Dornstrauch brannte süß sein Haar;
Sein Lächeln grüßte den ersehnten Heimatstern,

Den Mosis altes Sterbeauge aufgehn sah,
Als seine müde Löwenseele schrie zum Herrn.

SAUL

Über Juda liegt der große Melech wach.
Ein steinernes Kameltier trägt sein Dach.
Die Katzen schleichen scheu um rissige Säulen.

Und ohne Leuchte sinkt die Nacht ins Grab,
Sauls volles Auge nahm zur Scheibe ab.
Die Klageweiber treiben hoch und heulen.

Vor seinen Toren aber stehen die Cananiter.
– Er zwingt den Tod, den ersten Eindring nieder –
Und schwingt mit fünfmalhunderttausend Mann die Keulen.

DAVID UND JONATHAN

In der Bibel stehn wir geschrieben
Buntumschlungen.

Aber unsere Knabenspiele
Leben weiter im Stern.

Ich bin David,
Du mein Spielgefährte.

O, wir färbten
Unsere weißen Widderherzen rot!

Wie die Knospen an den Liebespsalmen
Unter Feiertagshimmel.

Deine Abschiedsaugen aber –
Immer nimmst du still im Kusse Abschied.

Und was soll dein Herz
Noch ohne meines –

Deine Süßnacht
Ohne meine Lieder.

DAVID UND JONATHAN

O Jonathan, ich blasse hin in deinem Schoß,
Mein Herz fällt feierlich in dunklen Falten;
In meiner Schläfe pflege du den Mond,
Des Sternes Gold sollst du erhalten.
Du bist mein Himmel mein, du Liebgenoß.

Ich hab so säumerisch die kühle Welt
Fern immer nur im Bach geschaut . . .
Doch nun, da sie aus meinem Auge fällt,
Von deiner Liebe aufgetaut . . .
O Jonathan, nimm du die königliche Träne,
Sie schimmert weich und reich wie eine Braut.

O Jonathan, du Blut der süßen Feige,
Duftendes Gehang an meinem Zweige,
Du Ring in meiner Lippe Haut.

ABIGAIL

Im Kleid der Hirtin schritt sie aus des Melechs Haus
Zu ihren jungen Dromedarenherden.
Im edlen Wettlauf mit den wilden Pferden
Trieb sie die Silberziegen vor die Stadt hinaus,
Bis sich die Abendamethysten reihten um die Erden,
Sich nach der Tochter bangte König Saul.

Sie setzte das verirrte Tier nicht aus
Der Wüste hungernder Schakale,
Und trug am Arme blutiger Bisse Male;
Entriß das Böcklein noch der Löwin Maul.
– Der blinde Seher sah es jedesmal voraus ...
Die Gräser zitterten im Judatale.

Im Schoß des Vaters schlief die kleine Abigail,
Wenn über Juda lauschte Israels Gebieter,
Hinüber zu dem feindlichen Hethiter.
– Der Skarabäus seiner Krone wurde faul. –
Treu aber hütete der Mond des Melechs Güter,
Und seine Krieger übten sich im Pfeil.

Bis der Allmächtige blies den goldenen Hirten aus.
»Den Vater Abraham« ... erklärte ernst der Melech seinem Kinde:
»Der blieb in seinem ewigen Scheine ohne Sünde.«
Und auch sein spätes Sternlein glitzerte ganz hell und weiß;
Man konnte es noch funkeln sehen im Winde:
»Einst trug sein Vater es, ein Osterlämmlein, hin auf seines Herrn Geheiß.«

Als auf den Feldern blühte jung der Reis,
Schloß Saul die mächtigen Judenaugen beide,
Und seiner Abigail begegnete ein Engel auf der Weide,
Der kündete: »Jehovah blies die Seele deines Vaters aus« . . .

ESTHER

Esther ist schlank wie die Feldpalme,
Nach ihren Lippen duften die Weizenhalme
Und die Feiertage, die in Juda fallen.

Nachts ruht ihr Herz auf einem Psalme,
Die Götzen lauschen in den Hallen.

Der König lächelt ihrem Nahen entgegen –
Denn überall blickt Gott auf Esther.

Die jungen Juden dichten Lieder an die Schwester,
Die sie in Säulen ihres Vorraums prägen.

BOAS

Ruth sucht überall
Nach goldenen Kornblumen
An den Hütten der Brothüter vorbei –

Bringt süßen Sturm
Und glitzernde Spielerei
Über Boas Herz;

Das wogt ganz hoch
In seinen Korngärten
Der fremden Schnitterin zu.

RUTH

Und du suchst mich vor den Hecken.
Ich höre deine Schritte seufzen
Und meine Augen sind schwere dunkle Tropfen.

In meiner Seele blühen süß deine Blicke
Und füllen sich,
Wenn meine Augen in den Schlaf wandeln.

Am Brunnen meiner Heimat
Steht ein Engel,
Der singt das Lied meiner Liebe,
Der singt das Lied Ruths.

ZEBAOTH

Gott, ich liebe dich in deinem Rosenkleide,
Wenn du aus den Gärten trittst, Zebaoth.
O, du Gottjüngling,
Du Dichter,
Ich trinke einsam von deinen Düften.

Meine erste Blüte Blut sehnte sich nach dir,
So komme doch,
Du süßer Gott,
Du Gespiele Gott,
Deines Tores Gold schmilzt an meiner Sehnsucht.

SULAMITH

O, ich lernte an deinem süßen Munde
Zuviel der Seligkeiten kennen!
Schon fühl ich die Lippen Gabriels
Auf meinem Herzen brennen....
Und die Nachtwolke trinkt
Meinen tiefen Zederntraum.
O, wie dein Leben mir winkt!
Und ich vergehe
Mit blühendem Herzeleid
Und verwehe im Weltraum,
In Zeit,
In Ewigkeit,
Und meine Seele verglüht in den Abendfarben
Jerusalems.

AN GOTT

Du wehrst den guten und den bösen Sternen nicht;
All ihre Launen strömen.
In meiner Stirne schmerzt die Furche,
Die tiefe Krone mit dem düsteren Licht.

Und meine Welt ist still –
Du wehrtest meiner Laune nicht.
Gott, wo bist du?

Ich möchte nah an deinem Herzen lauschen,
Mit deiner fernsten Nähe mich vertauschen,
Wenn goldverklärt in deinem Reich
Aus tausendseligem Licht
Alle die guten und die bösen Brunnen rauschen.

KONZERT

EIN LIED AN GOTT

Es schneien weiße Rosen auf die Erde,
Warmer Schnee schmückt milde unsere Welt;
Die weiß es, ob ich wieder lieben werde,
Wenn Frühling sonnenseiden niederfällt.

Zwischen Winternächten liegen meine Träume
Aufbewahrt im Mond, der mich betreut –
Und mir gut ist, wenn ich hier versäume
Dieses Leben, das mich nur verstreut.

Ich suchte Gott auf innerlichsten Wegen
Und kräuselte die Lippe nie zum Spott.
In meinem Herzen fällt ein Tränenregen;
Wie soll ich dich erkennen lieber Gott ...

Da ich dein Kind bin, schäme ich mich nicht,
Dir ganz mein Herz vertrauend zu entfalten.
Schenk mir ein Lichtchen von dem ewigen Licht! – – –
Zwei Hände, die mich lieben, sollen es mir halten.

So dunkel ist es fern von deinem Reich
O Gott, wie kann ich weiter hier bestehen.
Ich weiß, du formtest Menschen, hart und weich,
Und weintetest gotteigen, wolltest du wie Menschen sehen.

Mein Angesicht barg ich so oft in deinem Schoß –
Ganz unverhüllt: du möchtest es erkennen.
Ich und die Erde wurden wie zwei Spielgefährten groß!
Und dürfen »du« dich beide, Gott der Welten, nennen.

So trübe aber scheint mir gerade heut die Zeit
Von meines Herzens Warte aus gesehen;
Es trägt die Spuren einer Meereseinsamkeit
Und aller Stürme sterbendes Verwehen.

LETZTER ABEND IM JAHR

Es ist so dunkel heut,
Man kann kaum in den Abend sehen.
Ein Lichtchen loht,
Verspieltes Himmelchen spielt Abendrot
Und weigert sich, in seine Seligkeit zu gehen.
– So alt wird jedes Jahr die Zeit –
Und die vorangegangene verwandelte der Tod.

Mein Herz blieb ganz für sich
Und fand auf Erden keinen Trost.
Und bin ich auch des Mondes Ebenich,
Geleitetest auch du im vorigen Leben mich,
Und sah ich auch den blausten Himmel in Gottost.

Es ruhen Rand an Rand einträchtig Land und Seeen,
– Das Weltall spaltet sich doch nicht –,
O Gott, wie kann der Mensch verstehen,
Warum der Mensch haltlos vom Menschtum bricht,
Sich wieder sammeln muß im höheren Geschehen.

ABSCHIED

Der Regen säuberte die steile Häuserwand,
Ich schreibe auf den weißen, steinernen Bogen
Und fühle sanft erstarken meine müde Hand
Von Liebesversen, die mich immer süß betrogen.

Ich wache in der Nacht stürmisch auf hohen Meereswogen!
Vielleicht entglitt ich meines Engels liebevoller Hand,
Ich hab' die Welt, die Welt hat mich betrogen;
Ich grub den Leichnam zu den Muscheln in den Sand.

Wir blicken all' zu *einem* Himmel auf, mißgönnen uns das Land? –
Warum hat Gott im Osten wetterleuchtend sich verzogen,
Vom Ebenbilde Seines Menschen übermannt?

Ich wache in der Nacht stürmisch auf hohen Meereswogen!
Und was mich je mit Seiner Schöpfung Ruhetag verband,
Ist wie ein spätes Adlerheer unstät in diese Dunkelheit geflogen

RELIQUIE

Es brennt ein feierlicher Stern ...
Ein Engel hat ihn für mich angezündet.
Ich sah nie unsere heilige Stadt im Herrn,
Sie rief mich oft im Traum des Windes.

Ich bin gestorben, meine Augen schimmern fern,
Mein Leib zerfällt und meine Seele mündet
In die Träne meines nun verwaisten Kindes,
Wieder neu gesäet in seinem weichen Kern.

DAS WUNDERLIED

Schwärmend trat ich aus glitzerndem Herzen
Wogender Liebesfäden,

Ganz schüchtern, hervor; Nacht im Auge,
Geöffnete Lippen ...

Aber wo auch ein See lockte,
Goldene Tränke,

Starb an der Labe mein pochendes Wild
In der Brust.

Was soll mir der Wein deines Tisches,
Reichst du mir des Herzens Mannah nicht.

Süß mir, wenn ich im Rauschen der Liebe
Für dich gestorben wär –

Nun ist mein Leben verschneit,
Erstarrt meine Seele,

Die lächelte sonntäglich dir
Friede ins Herz.

Ich suche das Glück nicht mehr.
Wo ich auch unter hochzeitlichem Morgen saß,

Erfror der träumende Lotos
Auf meinem Blut.

GOTT HÖR ...

Um meine Augen zieht die Nacht sich
Wie ein Ring zusammen.
Mein Puls verwandelte das Blut in Flammen
Und doch war alles grau und kalt um mich.

O Gott und bei lebendigem Tage,
Träum ich vom Tod.
Im Wasser trink ich ihn und würge ihn im Brot.
Für meine Traurigkeit gibt es kein Maß auf deiner Waage.

Gott hör ... In deiner blauen Lieblingsfarbe
Sang ich das Lied von deines Himmels Dach –
Und weckte doch in deinem ewigen Hauche nicht den Tag.
Mein Herz schämt sich vor dir fast seiner tauben Narbe.

Wo ende ich? – O Gott!! Denn in die Sterne,
Auch in den Mond sah ich, in alle deiner Früchte Tal.
Der rote Wein wird schon in seiner Beere schal ...
Und überall – die Bitternis – in jedem Kerne.

GEDENKTAG

Das Meer steigt rauschend übers Land,
Inbrünstig fallen Wasser aus den Höhen.
Still brennt die Kerze noch in meiner Hand.

Ich möchte meine liebe Mutter wiedersehen ...
Begraben hab' ich meinen Leib im kühlen Sand,
Doch meine Seele will von dieser Welt nicht gehen.

Und hat sich von mir abgewandt.
Ich wollte immer ihr ein Kleid aus Muscheln nähen;
In meinen rauhen Körper wurde sie verbannt.

Doch meine liebe Mutter gab sie mir zum Pfand.
Ich suche meine Seele überall auf Zehen;
Die nistete an meiner roten Felsenwand,
Und noch in meinem Auge irrt ihr Spähen.

ABENDLIED

Auf die jungen Rosensträucher
Fällt vom Himmel weicher Regen,
Und die Welt wird immer reicher.

O mein Gott mein, nur alleine,
Ich verdurste und verweine
In dem Segen.

Engel singen aus den Höhen:
»Heut ist Gottes Namenstag,
Der allweiß hier vom Geschehen ...«

Und ich kann es nicht verstehen,
Da ich unter seinem Dach
Oft so traurig erwach.

WEIHNACHTEN

Einmal kommst du zu mir in der Abendstunde
Aus meinem Lieblingssterne weich entrückt
Das ersehnte Liebeswort im Munde
Alle Zweige warten schon geschmückt.

O ich weiß, ich leuchte wieder dann,
Denn du zündest meine weißen Lichte an.

»Wann?« – ich frage seit ich dir begegnet – »wann?«
Einen Engel schnitt ich mir aus deinem goldenen Haare
Und den Traum, der mir so früh zerrann.
O ich liebe dich, ich liebe dich,
Ich liebe dich!

Hörst du, ich liebe dich – – –
Und unsere Liebe wandelt schon Kometenjahre,
Bevor du mich erkanntest und ich dich.

EWIGE NÄCHTE

Ich sitze so alleine in der Nacht
An meinem Tisch, der trägt noch seine Lebensfarbe.
Auf jede seiner Adern geb ich acht,
– Mich dünkt, er blutet noch aus einer Narbe.

Vielleicht stieß mal ein Messer in den Stamm
Ein Mann im Walde, – seine Lust zu kühlen.
Und reckte weit am Teiche in den Schlamm
Die Glieder, die entlasteten zu fühlen.

Er warf mit seinem Tropfen letzter Lust
Die Menschheit von sich ab in einer einzigen Wehe.
Ich wälze auch, wie er, mein »Ich« bewußt!
Ein Volk von mir, bevor ich aus dem Leben gehe.

Dich suchte unaufhörlich ich auf meinem Pfad,
Nie aber kam mein Ebenmensch mir je entgegen.
Und doch wurd' alles, was ich sann, zur Tat,
Und hat das Wort auch tausend Jahr in mir gelegen.

Und flöße Furcht ein, ob des Segens Segen,
Um Dunkelheit vor meines Tisches stillem Tal:
Ein wilder Jude mit dem Kopf des Baal.
Verwittert – ewige Nächte ... Draußen fällt ein Regen.

GENESIS

Aus Algenmoos und Muscheln schleichen feuchte Düfte ...
Frohlockend schmiegt die Erde ihren Arm um meine Hüfte.
– Mein Geist hat nach dem Heiligen Geist gesucht –.

Und tauchte auf den Vogelgrund der Lüfte
Und grub nach Gott in jedem Stein der Klüfte
Und blieb doch Fleisch, leibeigen und verflucht.

Ich keimte schon am Zweig der Liebesgifte,
Als noch der Schöpfer durch die Meere schiffte,
Das Wasser trennte von der Bucht.

Und alles gut fand, da Er Seine Erde prüfte,
Und nicht ein Korn sprießt ungebucht.

Doch Seine beiden Menschen trieb Er in die Flucht!
Noch schlief der Weltenplan in Seinem Schöpferstifte.
Sie fügten sich nicht Seiner väterlichen Zucht.

Unbändig wie das Feuer zwischen Stein und Stein
Noch ungeläutert zu entladen sich versucht,
So trotzten sie!!
Wie meines Herzens ungezähmte Wucht.

STROPHE

Neugierige sammeln sich am Strand und messen
Sich am Meer und mir der Dichterin vermessen.
Doch ihre Redensart löscht aus der Sand.
Ich hab die Welt vor Welt vergessen,
Getränkt von edlen Meeresnässen.
Als läge ich in Gottes weiter Hand.

AUS DER FERNE

Die Welt, aus der ich lange mich entwand,
Ruht kahl, von Glut entlaubt, in dunkler Hand;
Die Heimat fremd, die ich mit Liebe überhäufte,
Aus der ich lebend in die Himmel reifte.

Es wachsen auch die Seelen der verpflanzten Bäume
Auf Erden schon in Gottes blaue Räume,
Um inniger von Seiner Herrlichkeit zu träumen.

Der große Mond und seine Lieblingssterne,
Spielen mit den bunten Muschelschäumen
Und hüten über Meere Gottes Geist so gerne.

So fern hab ich mir nie die Ewigkeit gedacht ...
Es weinen über unsere Welt die Engel in der Nacht.
Sie läuterten mein Herz, die Fluren zu versüßen,
Und ließen euch in meinen Versen grüßen.

MEIN BLAUES KLAVIER

AN MEINE FREUNDE

Nicht die tote Ruhe –
Bin nach einer stillen Nacht schon ausgeruht.
Oh, ich atme Geschlafenes aus,
Den Mond noch wiegend
Zwischen meinen Lippen.

Nicht den Todesschlaf –
Schon im Gespräch mit euch
Himmlisch Konzert .....
Und neu Leben anstimmt
In meinem Herzen.

Nicht der Überlebenden schwarzer Schritt!
Zertretene Schlummer zersplittern den Morgen.
Hinter Wolken verschleierte Sterne
Über Mittag versteckt –
So immer wieder neu uns finden.

In meinem Elternhause nun
Wohnt der Engel Gabriel .....
Ich möchte innig dort mit euch
Selige Ruhe in einem Fest feiern –
Sich die Liebe mischt mit unserem Wort.

Aus mannigfaltigem Abschied
Steigen aneinandergeschmiegt die goldenen Staubfäden,
Und nicht ein Tag ungesüßt bleibt
Zwischen wehmütigem Kuß
Und Wiedersehn!

Nicht die tote Ruhe –
So ich liebe im Odem sein . . . . .!
Auf Erden mit euch im Himmel schon.
Allfarbig malen auf blauem Grund
Das ewige Leben.

MEINE MUTTER

Es brennt die Kerze auf meinem Tisch
Für meine Mutter die ganze Nacht –
Für meine Mutter .....

Mein Herz brennt unter dem Schulterblatt
Die ganze Nacht
Für meine Mutter .....

JERUSALEM

Gott baute aus Seinem Rückgrat: Palästina
aus einem einzigen Knochen: Jerusalem.

Ich wandele wie durch Mausoleen –
Versteint ist unsere Heilige Stadt.
Es ruhen Steine in den Betten ihrer toten Seen
Statt Wasserseiden, die da spielten: Kommen und Vergehen.

Es starren Gründe hart den Wanderer an –
Und er versinkt in ihre starren Nächte.
Ich habe Angst, die ich nicht überwältigen kann.

Wenn du doch kämest .....
Im lichten Alpenmantel eingehüllt –
Und meines Tages Dämmerstunde nähmest –
Mein Arm umrahmte dich, ein hilfreich Heiligenbild.

Wie einst wenn ich im Dunkel meines Herzens litt –
Da deine Augen beide: blaue Wolken.
Sie nahmen mich aus meinem Trübsinn mit.

Wenn du doch kämest –
In das Land der Ahnen –
Du würdest wie ein Kindlein mich ermahnen:
Jerusalem – erfahre Auferstehen!

Es grüßen uns
Des »Einzigen Gottes« lebendige Fahnen,
Grünende Hände, die des Lebens Odem säen.

AN MEIN KIND

Immer wieder wirst du mir
Im scheidenden Jahre sterben, mein Kind,

Wenn das Laub zerfließt
Und die Zweige schmal werden.

Mit den roten Rosen
Hast du den Tod bitter gekostet,

Nicht ein einziges welkendes Pochen
Blieb dir erspart.

Darum weine ich sehr, ewiglich . . . . .
In der Nacht meines Herzens.

Noch seufzen aus mir die Schlummerlieder,
Die dich in den Todesschlaf schluchzten,

Und meine Augen wenden sich nicht mehr
Der Welt zu;

Das Grün des Laubes tut ihnen weh.
– Aber der Ewige wohnt in mir.

Die Liebe zu dir ist das Bildnis,
Das man sich von Gott machen darf.

Ich sah auch die Engel im Weinen,
Im Wind und im Schneeregen.

Sie schwebten . . . .
In einer himmlischen Luft.

Wenn der Mond in Blüte steht
Gleicht er deinem Leben, mein Kind.

Und ich mag nicht hinsehen
Wie der lichtspendende Falter sorglos dahinschwebt.

Nie ahnte ich den Tod
– Spüren um dich, mein Kind –

Und ich liebe des Zimmers Wände,
Die ich bemale mit deinem Knabenantlitz.

Die Sterne, die in diesem Monat
So viele sprühend ins Leben fallen,
Tropfen schwer auf mein Herz.

MEIN BLAUES KLAVIER

Ich habe zu Hause ein blaues Klavier
Und kenne doch keine Note.

Es steht im Dunkel der Kellertür,
Seitdem die Welt verrohte.

Es spielen Sternenhände vier
– Die Mondfrau sang im Boote –
Nun tanzen die Ratten im Geklirr.

Zerbrochen ist die Klaviatür . . . . .
Ich beweine die blaue Tote.

Ach liebe Engel öffnet mir
– Ich aß vom bitteren Brote –
Mir lebend schon die Himmelstür –
Auch wider dem Verbote.

GEBET

Oh Gott, ich bin voll Traurigkeit .....
Nimm mein Herz in deine Hände –
Bis der Abend geht zu Ende
In steter Wiederkehr der Zeit.

Oh Gott, ich bin so müd, oh, Gott,
Der Wolkenmann und seine Frau
Sie spielen mit mir himmelblau
Im Sommer immer, lieber Gott.

Und glaube unserm Monde, Gott,
Denn er umhüllte mich mit Schein,
Als wär ich hilflos noch und klein,
– Ein Flämmchen Seele.

Oh, Gott und ist sie auch voll Fehle –
Nimm sie still in deine Hände .....
Damit sie leuchtend in dir ende.

ÜBER GLITZERNDEN KIES

Könnt ich nach Haus –
Die Lichte gehen aus –
Erlischt ihr letzter Gruß.

Wo soll ich hin?
Oh Mutter mein, weißt du's?
Auch unser Garten ist gestorben! .....

Es liegt ein grauer Nelkenstrauß
Im Winkel wo im Elternhaus.
Er hatte große Sorgfalt sich erworben.

Umkränzte das Willkommen an den Toren
Und gab sich ganz in seiner Farbe aus.
Oh liebe Mutter! .....

Versprühte Abendrot
Am Morgen weiche Sehnsucht aus
Bevor die Welt in Schmach und Not.

Ich habe keine Schwestern mehr und keine Brüder.
Der Winter spielte mit dem Tode in den Nestern
Und Reif erstarrte alle Liebeslieder.

OUVERTÜRE

Wir trennten uns im Vorspiele der Liebe .....
An meinem Herzen glitzerte noch hell dein Wort,
Und still verklangen wir im Stadtgetriebe,
Im Abendschleier der Septembertrübe
In einem schluchzenden Akkord.
Doch in der kurzen Liebesouvertüre
Entschwanden wir von dieser Erde fort
Durch Paradiese bis zur Himmelstüre –
Und es bedurfte nicht der ewigen Liebesschwüre
Und nicht der Küsse blauer Zaubermord.
Und meiden doch seitdem uns wie zwei Diebe!
Und nur geheim betreten wir den Ort,
Wo uns vergoldete die Liebe.
Bewahren wir sie, daß sie nicht erfriere
Oder im Alltag blinder Lust verdorrt.
Ich weinte bitterlich wenn ich es einst erführe –

AN MILL

Es tanzen Schatten in den dunkelgrünen Bäumen,
Die du so liebst, elf deiner guten Feen,
Die treu dein Haus und dich, du Rauschender, betreuen.

Wir leben lange schon im höheren Geschehen – –
Schneeweißer Damast liegt auf allen Seen
Aus Zauberseide wie in meinen Reimen.
Von einem jähen Hauche – kann der Vers verwehen.

Es gilt den Augenblick der Liebe zu vernehmen,
Da Heimat gegenseitig wir im Auge sehen.
Am Hange unserer Liebe süßes Schemen,
Erblüht die Königin der Nacht aus den Kakteen.

Schwer in den Wolkenbergen, die weich träumen,
Taumelt von Sternenrebenperlenüberschäumen
Der trunkne goldne Winzer und beleuchtet die Alleen.

ES KOMMT DER ABEND

Es kommt der Abend und ich tauche in die Sterne,
Daß ich den Weg zur Heimat im Gemüte nicht verlerne
Umflorte sich auch längst mein armes Land.

Es ruhen unsere Herzen liebverwandt,
Gepaart in einer Schale:
Weiße Mandelkerne –

..... Ich weiß, du hältst wie früher meine Hand
Verwunschen in der Ewigkeit der Ferne .....
Ach meine Seele rauschte, als dein Mund es mir gestand.

DIE TÄNZERIN WALLY

Sie wandelt an den Nachmittagen
Durch ihrer Gartengänge grüne Heiligensagen
Von frommer Dämmerung ins Himmelreich getragen.

Die Bibelfrauen: ihre Feen . . . . .
Sie hört wie sie vom Leiden der Propheten klagen,
Die schon im Weltenanfang sahn die Welt verwehen.

Sie aber lernte auf den Spitzen ihrer Füße stehen
Von den Zypressen, die das Weltenende überragen.
Zu einem sanften Tanze hebt sich leicht ihr Gehen.

Zwei weiße Schäferhunde folgen ihrem Wagen,
Erzählen ihre Gliederweisen uns vom höheren Geschehen.

ABENDZEIT

Erblaßt ist meine Lebenslust – . . . . .
Ich fiel so einsam auf die Erde,
Von wo ich kam hat nie ein Mensch gewußt,
– Nur du, da ich vereint einst mit dir werde.

Ich bin von Meeresbuchten weit umstellt,
Jedwedes Ding erlebe ich im Schaume.
Der Mensch, der feindlich mich ereilt, zerschellt!
Und ich weiß nur von ihm im Traume.

Und so erlebe ich die Schöpfung dieser Welt,
Auf Erden schon entkommen ihrer Schale.
Und du der Stern, der hoch vom Himmel fällt,
Vergräbt sich tief in meines Herzens Tale.

Die Abendzeit verdüstert sehr mein Blut –
Durchädert qualvoll meine müde Seele.
Nackt steigt sie wieder aus der vorweltlichen Flut
Und bangt, daß sie verkörpert hier auf Erden fehle.

Und was der Tag, noch ehe er erwacht,
Versäumte morgenrötlich zu erleben,
Reicht ihm das träumerische Bilderspiel der Nacht
In lauter bunterlei Geweben.

Es bringen ferne Hände mir nach Haus
Aus gelben Sicheln einen frommen Strauß.
Der Zeiger wandelt leise um das Zifferblatt
Der Sonnenuhr, die Gold von meinem Leben hat.

Sie glüht vom Pochen überwacht
Und läutet zwischen Nacht und Mitternacht .....
Da wir uns sahen in der rätselhaften Stunde –
Dein Mund blüht tausendschön auf meinem Munde.

All meine Lebenslust entfloh
Im dunkelen Gewande mit der Abendzeit.
Ich suchte unaufhörlich einen Himmel wo .....
Nur in der Offenbarung ist der Weg zu ihm nicht weit.

ICH LIEGE WO AM WEGRAND

Ich liege wo am Wegrand übermattet –
Und über mir die finstere kalte Nacht –
Und zähl schon zu den Toten längst bestattet.

Wo soll ich auch noch hin – von Grauen überschattet –
Die ich vom Monde euch mit Liedern still bedacht
Und weite Himmel blauvertausendfacht.

Die heilige Liebe, die ihr blind zertratet,
Ist Gottes Ebenbild . . . . !
Fahrlässig umgebracht.

Darum auch lebten du und ich in einem Schacht!
Und – doch im Paradiese trunken blumumblattet.

DIE VERSCHEUCHTE

Es ist der Tag im Nebel völlig eingehüllt,
Entseelt begegnen alle Welten sich –
Kaum hingezeichnet wie auf einem Schattenbild.

Wie lange war kein Herz zu meinem mild ...
Die Welt erkaltete, der Mensch verblich.
– Komm bete mit mir – denn Gott tröstet mich.

Wo weilt der Odem, der aus meinem Leben wich?
Ich streife heimatlos zusammen mit dem Wild
Durch bleiche Zeiten träumend – ja ich liebte dich ...

Wo soll ich hin, wenn kalt der Nordsturm brüllt?
Die scheuen Tiere aus der Landschaft wagen sich
Und ich vor deine Tür, ein Bündel Wegerich.

Bald haben Tränen alle Himmel weggespült,
An deren Kelchen Dichter ihren Durst gestillt –
Auch du und ich.

ERGRAUT KOMMT SEINE KLEINE WELT ZURÜCK

In meinem Herzen spielen Paradiese . . . . .
Ich aber kehre aus versunkenem Glück
In eine Welt trostlosester Entblätterung zurück.

Ein Grübchen lächelt ahnungslos aus einer Wiese,
Ein Bach, doch auf dem Grunde dürstet sein Geschick.

Ich leide sehr um sein verflüchtend Glück –
Darum ich mich des Tauchens heller Lust verschließe.

Aus meinem Herzen fallen letzte Grüße
Vom Lebensfaden ab – dir schenk ich diese.

Die Sonne heftet im Kristall der Kiese
Noch scheidend ihren goldenen Augenblick.

Gott weint . . . . . ergraut kommt seine kleine Welt zurück,
Die Er in Seiner Schöpfung schnitt aus himmlischem Türkise.

Es lehren Flügelmenschen, die des Wegs ein Stück
Mich, meines Amtes wegen, stärken und begießen –
Und wieder jenseits in die Lüfte fließen:
Daß ich für – unerfüllte Gottesweisung – büße.

HINGABE

Ich sehe mir die Bilderreihen der Wolken an,
Bis sie zerfließen und enthüllen ihre blaue Bahn.

Ich schwebte einsamlich die Welten all hinan,
Entzifferte die Sternoglyphen und die Mondeszeichen um den Mann.

Und fragte selbst mich scheu, ob oder wann
Ich einst geboren wurde und gestorben dann?

Mit einem Kleid aus Zweifel war ich angetan,
Das greises Leid geweiht für mich am Zeitrad spann.

Und jedes Bild, das ich von dieser Welt gewann,
Verlor ich doppelt, und auch das was ich ersann.

ICH WEISS

Ich weiß, daß ich bald sterben muß
Es leuchten doch alle Bäume
Nach langersehntem Julikuß –

Fahl werden meine Träume –
Nie dichtete ich einen trüberen Schluß
In den Büchern meiner Reime.

Eine Blume brichst du mir zum Gruß –
Ich liebte sie schon im Keime.
Doch ich weiß, daß ich bald sterben muß.

Mein Odem schwebt über Gottes Fluß –
Ich setze leise meinen Fuß
Auf den Pfad zum ewigen Heime.

HERBST

Ich pflücke mir am Weg das letzte Tausendschön .....
Es kam ein Engel mir mein Totenkleid zu nähen –
Denn ich muß andere Welten weiter tragen.

Das ewige Leben *dem*, der viel von Liebe weiß zu sagen.
Ein Mensch der *Liebe* kann nur auferstehen!
Haß schachtelt ein! wie hoch die Fackel auch mag schlagen.

Ich will dir viel viel Liebe sagen –
Wenn auch schon kühle Winde wehen,
In Wirbeln sich um Bäume drehen,
Um Herzen, die in ihren Wiegen lagen.

Mir ist auf Erden weh geschehen .....
Der Mond gibt Antwort dir auf deine Fragen.
Er sah verhängt mich auch an Tagen,
Die zaghaft ich beging auf Zehen.

DIE DÄMMERUNG NAHT

Die Dämmerung naht – im Sterben liegt der Tag . . . . .
Sein Schatten deckt mich zu, der kühl auf einem Blatte lag,
Auf seinen roten Beeren.

Ich baute uns ein Himmelreich, dir unantastbar zu gehören
– Das an den Riffen deiner Herzensnacht zerbrach.

Die Vögel singen, und vom Nachtigallenschlag
Erzittert noch mein Bild am Wald im Bach.
Dir will ich es verehren –

Die Dämmerung naht, im Sterben liegt der Tag.

MEIN HERZ RUHT MÜDE

Mein Herz ruht müde
Auf dem Samt der Nacht
Und Sterne legen sich auf meine Augenlide .....

Ich fließe Silbertöne der Etüde – – –
Und bin nicht mehr und doch vertausendfacht.
Und breite über unsere Erde: Friede.

Ich habe meines Lebens Schlußakkord vollbracht –
Bin still verschieden – wie es Gott in mir erdacht:
Ein Psalm erlösender – damit die Welt ihn übe.

AN IHN

ABENDS

Auf einmal mußte ich singen –
Und ich wußte nicht warum?
– Doch abends weinte ich bitterlich.

Es stieg aus allen Dingen
Ein Schmerz, und der ging um
– Und legte sich auf mich.

DEM VERKLÄRTEN

Ach bitter und karg war mein Brot,
Verblichen –
Das Gold meiner Wangen Bernstein.

In die Höhlen schleiche ich
Mit den Pantern
In der Nacht.

So bange mir in der Dämmerung Weh ...
Legen sich auch schlafen
Die Sterne auf meine Hand.

Du staunst über ihr Leuchten –
Doch fremd dir die Not
Meiner Einsamkeit.

Es erbarmen sich auf den Gassen
Die wilden Tiere meiner.
Ihr Heulen endet in Liebesklängen.

Du aber wandelst entkommen dem Irdischen
Um den Sinai lächelnd verklärt –
Fremdfern vorüber meiner Welt.

UND

Und hast mein Herz verschmäht –
In die Himmel wärs geschwebt
Selig aus dem engen Zimmer!

Wenn der Mond spazieren geht,
Hör ichs pochen immer
Oft bis spät.

Aus Silberfäden zart gedreht
Mein weiß Gerät –
Trüb nun sein Schimmer.

SO LANGE IST ES HER.....

Ich träume so fern dieser Erde
Als ob ich gestorben wär
Und nicht mehr verkörpert werde.

Im Marmor deiner Gebärde
Erinnert mein Leben sich näher.
Doch ich weiß die Wege nicht mehr.

Nun hüllt die glitzernde Sphäre
Im Demantkleide mich schwer.
Ich aber greife ins Leere.

EIN LIEBESLIED

Komm zu mir in der Nacht – wir schlafen engverschlungen.
Müde bin ich sehr, vom Wachen einsam.
Ein fremder Vogel hat in dunkler Frühe schon gesungen,
Als noch mein Traum mit sich und mir gerungen.

Es öffnen Blumen sich vor allen Quellen
Und färben sich mit deiner Augen Immortellen .....

Komm zu mir in der Nacht auf Siebensternenschuhen
Und Liebe eingehüllt spät in mein Zelt.
Es steigen Monde aus verstaubten Himmelstruhen.

Wir wollen wie zwei seltene Tiere liebesruhen
Im hohen Rohre hinter dieser Welt.

IHM EINE HYMNE

Ich lausche seiner Lehre,
Als ob ich vom Jenseits höre
Sprechen die Abendröte.

Es kommen Dichter mit Gaben
Zu ihm aus ihren Sternen
Vom »Alleinigen Gott« zu lernen.

Aus ihren Marmorbrüchen
Schenkten ihm die Griechen
Das Lächeln des Apolls.

Die Körper, die ihrer Seele
Die Pforte geöffnet haben,
Werden Engel aus Rosenholz.

Ich erinnere mich meiner näher
In seinem heiligen Schwang.
Hört mich der holde Seher –
..... Schluchzen in seinem Gesang

Im Ewigen Jerusalem-Eden,
Tröstet sein Wort Jedweden
Fern überhebendem Stolz.

Im Tempelschall seiner Gebete,
Zwischen leuchtendem Kerzengeräte,
Schlürft meine Seele seinen Gesang.

. . . . . Doch oben im Dämmermoose
Welkt ergeben die Himmelsrose
– Da er ihr Herz verschmähte.

ICH LIEBE DICH .....

Ich liebe dich
Und finde dich
Wenn auch der Tag ganz dunkel wird.

Mein Lebelang
Und immer noch
Bin suchend ich umhergeirrt.

Ich liebe dich!
Ich liebe dich!
Ich liebe dich!

Es öffnen deine Lippen sich .....
Die Welt ist taub,
Die Welt ist blind

Und auch die Wolke
Und das Laub –
– Nur wir, der goldene Staub
Aus dem wir zwei bereitet:
– Sind!

IN MEINEM SCHOSSE

In meinem Schoße
Schlafen die dunkelen Wolken –
Darum bin ich so traurig, du Holdester.

Ich muß deinen Namen rufen
Mit der Stimme des Paradiesvogels
Wenn sich meine Lippen bunt färben.

Es schlafen schon alle Bäume im Garten –
Auch der nimmermüde
Vor meinem Fenster –

Es rauscht der Flügel des Geiers
Und trägt mich durch die Lüfte
Bis über dein Haus.

Meine Arme legen sich um deine Hüften,
Mich zu spiegeln
In deines Leibes Verklärtheit.

Lösche mein Herz nicht aus –
Du den Weg findest –
Immerdar.

DEM HOLDEN

Ich taumele über deines Leibes goldene Wiese,
Es glitzern auf dem Liebespfade hin die Demantkiese
Und auch zu meinem Schoße
Führen bunterlei Türkise.

Ich suchte ewig dich – es bluten meine Füße –
Ich löschte meinen Durst mit deines Lächelns Süße.
Und fürchte doch, daß sich das Tor
Des Traumes schließe.

Ich sende dir, eh ich ein Tropfen frühes Licht genieße,
In blauer Wolke eingehüllte Grüße
Und von der Lippe abgepflückte eben erst erblühte Küsse.
Bevor ich schwärmend in den Morgen fließe.

DIE UNVOLLENDETE

Es ist so dunkel heut am Heiligen Himmel .....
Ich und die Abendwolken suchen nach dem Mond –
Wo beide wir einst vor dem Erdenleben,
Schon nahe seiner Leuchtewelt gewohnt.

Darum möcht ich mit dir mich unlösbar verweben –
Ich hab so Angst um Mitternacht!
Es schreckt ein Traum mich aus vergangenem Leben
An den ich gar nicht mehr gedacht.

Ich pflückte mir so gern nach banger Nacht
Vom Berg der Frühe lichtgefüllte Reben.
Doch hat die Finsternis mich umgebracht –
Geopfert deinem Wunderleben.

Und es verblutet, was du mir,
Ich dir gegeben,
Und auch das bunte Sternenzeichen
Unserer engverknüpften Hand,
Das Pfand!!

Und neben mir und dein –
Auf meinem Herzen süßgemalt enthobnem Sein
– Tröstet mich ein Fremder übermannt.

Ihm mangelt an der Ouvertüre süßem Tand
Streichelnder Flüsterspiele seiner Triebe,
Verherrlichend den keuschen Liebeskelch der Liebe.

ICH SÄUME LIEBENTLANG

Ich säume liebentlang durchs Morgenlicht,
Längst lebe ich vergessen – im Gedicht.
Du hast es einmal mir gesprochen.

Ich weiß den Anfang –
Weiter weiß ich von mir nicht.
Doch hörte ich mich schluchzen im Gesang.

Es lächelten die Immortellen hold in deinem Angesicht,
Als du im Liebespsalme unserer Melodie
Die Völker tauchtest und erhobest sie.

AN APOLLON

Es ist am Abend im April.
Der Käfer kriecht ins dichte Moos.
Er hat *so* Angst – die Welt *so* groß!

Die Wirbelwinde hadern mit dem Leben,
Ich halte meine Hände still ergeben
Auf meinem frommbezwungenen Schoß.

Ein Engel spielte sanft auf blauen Tasten,
Langher verklungene Phantasie.
Und alle Bürde meiner Lasten,
Verklärte und entschwerte sie.

Jäh tut mein sehr verwaistes Herz mir weh –
Blutige Fäden spalten seine Stille.
Zwei Augen blicken wund durch ihre Marmorhülle
In meines pochenden Granates See.

Er legte Brand an meines Herzens Lande –
Nicht mal sein Götterlächeln
Ließ er mir zum Pfande.

AN MICH

Meine Dichtungen, deklamiert, verstimmen die Klaviatür meines Herzens. Wenn es noch Kinder wären, die auf meinen Reimen tastend meinetwegen klimperten. (Bitte nicht weitersagen!) Ich sitze noch heute sitzengeblieben auf der untersten Bank der Schulklasse, wie einst ... Doch mit spätem versunkenem Herzen: 1000 und 2-jährig, dem Märchen über den Kopf gewachsen.

Ich schweife umher! Mein Kopf fliegt fort wie ein Vogel, liebe Mutter. Meine Freiheit soll mir niemand rauben, – sterb ich am Wegrand wo, liebe Mutter, kommst du und trägst mich hinauf zum blauen Himmel. Ich weiß, dich rührte mein einsames Schweben und das spielende Ticktack meines und meines teuren Kindes Herzen.

NACHBEMERKUNG ZUR TEXTGESTALT UND ZUR ANORDNUNG DER GEDICHTE

BIBLIOGRAPHIE UND LESARTEN

INHALTSVERZEICHNIS

Dieser erste Versuch einer Gesamtausgabe der Gedichte von Else Lasker-Schüler vereinigt vollzählig sämtliche zu Lebzeiten der Dichterin in Buchform veröffentlichten Gedichte samt den Textvarianten der verschiedenen Drucke. Unberücksichtigt blieben in der Regel die Abdrucke in Zeitungen, Zeitschriften und zeitgenössischen Anthologien. Einzelne Hinweise auf handschriftliche Varianten (in den von Ernst Ginsberg und Werner Kraft posthum veranstalteten Sammlungen) wurden vermerkt.

Die zeitliche Folge der Veröffentlichungen sollte im großen und ganzen gewahrt bleiben; zugleich aber durften die von der Dichterin selber durch zyklische Anordnung und die Beigabe von Widmungen hergestellten oder angedeuteten Zusammenhänge nicht zerstört werden. Dies erklärt, warum manche Gedichte in der gleichen Fassung zweimal vertreten sind. Mit Ausnahme des vollständigen Abdrucks der Sammlung »Styx« in unveränderter Gestalt wurde, wenn nicht zwingende Bedenken dagegensprachen, jeweils die späteste Fassung der einzelnen Gedichte in den Textteil aufgenommen. Wiesen die erste und die endgültige Fassung sehr starke Abweichungen auf, so wurden beide als ganzes Gedicht abgedruckt. Der folgende Nachtrag verzeichnet sämtliche Lesarten der früheren Fassungen und der Abdrucke in anderen Büchern der Dichterin. Nicht aufgenommen wurden einige bloße Scherzgedichte und Gelegenheitsreimereien aus »Konzert« und »Hebräerland«.

Im Hinblick auf die verschiedenen Fassungen darf angemerkt werden, daß die späteren Veränderungen nicht immer Verbesserungen darstellen; bisweilen sind in den jüngeren Ausgaben einzelne Zeilen und sogar ganze Gedichte verlorengegangen.

Gewisse Eigenheiten der Orthographie wurden beibehalten; ebenso die häufig willkürliche, ungewohnte oder ungenügende Interpunktion. Letztere folgt in der Regel dem spätesten Druck, es sei denn, die früheren Sammlungen legen insgesamt eine andere Zeichensetzung nahe. Die zahlreichen Abweichungen in den verschiedenen Ausgaben – namentlich, was die Verwendung von Ausrufungszeichen, Gedankenstrichen, mehreren Punkten betrifft – wurden nur dort verzeich-

net, wo durch die veränderte Interpunktion eine Sinnverschiebung eintritt. Offenkundige Druckfehler wurden meist stillschweigend berichtigt.
Für freundliche Hinweise und Auskünfte, für Rat und Hilfe sei an dieser Stelle den Herren Ernst Ginsberg, Werner Kraft und Sigismund von Radecki sowie dem Schiller-Nationalmuseum in Marbach gedankt.

Im einzelnen ist der Textteil der vorstehenden Gesamtausgabe folgendermaßen aufgegliedert:

1. die Sammlung »Styx« in der ursprünglichen Reihenfolge der Gedichte, unter Beibehaltung der typographischen Anordnung und der Orthographie der einzelnen Gedichte; anschließend sämtliche Gedichte aus »Styx«, die, mehr oder weniger verändert, in »Die gesammelten Gedichte« und die zweibändige Gedichtausgabe von 1920 aufgenommen wurden (mit Ausnahme von 4 Gedichten, die an späterer Stelle und in anderem Zusammenhang wiederholt werden);

2. die 33 neuen Gedichte der Sammlung »Der siebente Tag« in der ursprünglichen Reihenfolge; die einzelnen Texte jedoch, mit Ausnahme von 2 Gedichten, in der endgültigen Fassung der Ausgabe von 1920;

3. 21 neue Gedichte aus dem Versband »Meine Wunder«, der außerdem 32 Gedichte aus »Der siebente Tag« und 5 der Gedichte an Senna Hoy enthält;

4. der gesamte Zyklus der an Senna Hoy gerichteten Gedichte, in der gleichen Anordnung wie in den »Gesammelten Gedichten« und der Ausgabe von 1920;

5. die Gedichte an Hans Ehrenbaum-Degele;

6. der Zyklus der Gedichte an Gottfried Benn, in welchen auch alle übrigen Gedichte aufgenommen wurden, die ihm gewidmet sind oder auf Grund der Einordnung in den »Ge-

sammelten Gedichten« und dem Bande »Die Kuppel« als hierhin gehörig gelten dürfen;

7. die Gedichte an Hans Adalbert von Maltzahn, an die sich die übrigen Liebesgedichte anschließen;

8. sämtliche Gedichte an Personen, soweit sie nicht schon in den vorhergehenden Zyklen Aufnahme fanden;

9. unter der Überschrift »Meine schöne Mutter blickte immer auf Venedig«, aus dem Ersten Teil der Gesamtausgabe von 1920, zehn der dort unter dem gleichen Titel vereinigten Gedichte, ferner die letzte Fassung des Gedichtes »Mein stilles Lied« (erste Fassung in »Der siebente Tag«) und 2 Gedichte, die in dem Bande »Die Kuppel« als erstes und letztes Gedicht stehen; dieser kleine Zyklus bezeichnet hier den Abschluß der Produktion bis 1920;

10. der Zyklus »Hebräische Balladen«; er enthält sämtliche bis 1920 entstandenen Gedichte biblischer Thematik, vermehrt um 2 Gedichte aus »Konzert«; 2 frühe Gedichte fremden Tons, die in die beiden ersten Ausgaben der »Hebräischen Balladen« Aufnahme fanden, wurden ausgeschieden; die Anordnung folgt, wie schon bei Ginsberg, im wesentlichen den Büchern des Alten Testaments;

11. »Konzert« enthält aus den zwanziger Jahren die Gedichte des unter diesem Titel erschienenen Sammelbandes, mit Ausnahme von 4 »Hebräischen Balladen« und 2 Gedichten, die in die letzte Verssammlung Aufnahme fanden;

12. diese, »Mein blaues Klavier«, bildet, in einem wortgetreuen Abdruck der Erstausgabe von 1943, der Textgestalt nach das späte Gegenstück zu der Sammlung »Styx« und als letzte zu Lebzeiten der Dichterin erschienene Veröffentlichung den Abschluß dieser ersten Gesamtausgabe ihrer Gedichte.

Den Texten liegen die folgenden Ausgaben zugrunde:

STYX
Gedichte / Else Lasker-Schüler / Berlin 1902 / Axel Juncker Verlag.
Oktav, 77 S. 1 Bl.
Auf Umschlag und Titelseite oben eine Vignette von Fidus: vor der hinter Bergen flammenwerfend auf- oder untergehenden Sonne tanzt ein Nackedei verzückt über Distelranken.
Widmung: *Meinen teuren Eltern / zur Weihe.*

S. 5/6 *Inhalt*
S. 7–77 insgesamt 62 Gedichte; über jedem Gedicht eine Jugendstil-Zierleiste, darunter ein kleines meist pflanzliches Ornament
auf der vorletzten Seite folgende Verlagsanzeige:

Edith Nebelong
MIEZE WICHMANN
Aus dem Leben einer jungen Dame unserer Zeit.
Mit dem Bilde der Verf. nach einer Originalzeichnung.
Geh. Mk. 2.–, geb. Mk. 3.–.

Dr. E. Brandes schreibt über dieses Buch am Schluß einer drei Spalten langen Besprechung in »Politiken«: »Die junge Verfasserin besitzt ein starkes Talent. Man liest Mieze Wichmann mit ungetrübtem Vergnügen, stets gefesselt und ausgezeichnet unterhalten, weil ihre Verfasserin ein so gescheiter Kopf und eine so witzige junge Dame ist!«

Rainer Maria Rilke
DIE LETZTEN
3 Novellen.
Geh. Mk. 2.–, geb. Mk. 3.–.

Rainer Maria Rilke gehört unbestritten zu den hoffnungsreichsten und empfindsamsten der jüngsten Dichter-Generation. Seine hier veröffentlichten Novellen sind den congenialen Nordländer J. P. Jacobsen und Obstfelder voll würdig.

DER SIEBENTE TAG
Gedichte von Else Lasker-Schüler / Verlag des Vereins für Kunst – Berlin im Jahr 1905 / Amelangsche Buchhandlung – Charlottenburg
Quart, 43 S.
Auf der Titelseite ein einfacher Kranz von zwölf Sternen
Widmung: *Meiner teuren Mutter*

S. 7–42 insgesamt 33 neue Gedichte
S. 43 *Inhalt*

MEINE WUNDER
Gedichte von Else Lasker-Schüler / Karlsruhe und Leipzig / Dreililien-Verlag 1911 / davon 2. (Titel-)*Auflage: Leipzig / Verlag der Weißen Bücher,* 1914 / 3. (Titel-)*Auflage: Berlin / Verlegt bei Paul Cassirer* (o. J.)
Oktav, 68 S.
Auf der Titelseite, außer bei der 3. (Titel-)*Auflage,* jeweils Signet des Verlags

S. 1–68 insgesamt 58 Gedichte, davon 32 aus *Der siebente Tag,* zum Teil in veränderter Fassung

HEBRÄISCHE BALLADEN
von Else Lasker-Schüler / A. R. Meyer Verlag / 1913 / Berlin-Wilmersdorf
Oktav, 8 unn. Bll., mit einem Faden zusammengeheftet
Auf der Titelseite eine Zeichnung der Dichterin, sie selber in orientalischer Gewandung darstellend; auf ihrem ausgestreckten Arm hält sie ein Miniatur-Stadtgebilde mit Palme, Mond und Stern
Widmung: *Karl Kraus zum Geschenk*

insgesamt 15 Gedichte, davon 8 neue

HEBRÄISCHE BALLADEN
von Else Lasker-Schüler / Zweite, vermehrte Auflage / A. R. Meyer Verlag / Berlin-Wilmersdorf (o. J.)
Hochoktav, 8 unn. Bll.
auf der Titelseite die gleiche Zeichnung, wie bei der 1. Auflage; die gleiche Widmung

insgesamt 17 Gedichte, davon 1 neues und *Im Anfang* aus »Styx«

DIE GESAMMELTEN GEDICHTE
von Else Lasker-Schüler / Leipzig / Verlag der Weißen Bücher / 1917
Großoktav, 225 S.
farbige Umschlagzeichnung der Dichterin (Tusche und Buntstift), Liebespaar in östlichen Gewändern darstellend
Widmung: *Die gesammelten Gedichte schenke ich meiner teuren Mutter und ihrem Enkel Paul / Das Umschlagbild, von mir gezeichnet, schenke ich Gertrud Osthaus*

S. 7/8 *Peter Hille: »Else Lasker-Schüler«*, siehe S. 403
S. 9 *Meine hebräischen Balladen widme ich Karl Kraus dem Kardinal*
es folgen 18 Gedichte dann ein Prosatext »Meine Kinderzeit« (wieder abgedruckt in »Konzert«)
S. 37 das Gedicht *Styx*, darunter folgende Widmung: *Die Gedichte des Styx schenke ich Ludwig von Ficker, dem Landvogt von Tyrol und seiner schönen Schwedin*
es folgen 14 Gedichte aus »Styx«, zum Teil in veränderter Fassung
S. 53 Zwischentitel: *Meine schöne Mutter blickte immer auf Venedig*
es folgen in neuer Anordnung und neuen Fassungen die meisten Gedichte aus »Styx«, »Der siebente Tag« und »Meine Wunder«; ferner die Liebesgedichte an Senna Hoy, Hans Ehrenbaum-Degele, Gottfried Benn, Hans Adalbert von Maltzahn und andere, sowie ein Anzahl Gedichte an Dichter,

Maler und andere Künstler; ferner 3 Prosastücke: *»Rudolf Schmied«, »Fritz Wolff« und »Doktor Benn«*
S. 219–225 *Inhaltsverzeichnis*

DIE GESAMMELTEN GEDICHTE
von Else Lasker-Schüler / Kurt Wolff Verlag / Leipzig / Zweite Auflage (o. J.)
Großoktav, 229 S.
die gleiche Umschlagzeichnung wie bei der ersten Auflage
Widmung: *Die gesammelten Gedichte schenke ich meiner teuren Mutter und ihrem Enkel Paul / Das Umschlagbild, von mir gezeichnet, schenke ich Frau Marc*
S. 7–36 wie in der ersten Auflage, dann
S. 8 das vorher fehlende Gedicht *Ein alter Tibetteppich*
S. 38 das Gedicht *Styx*, mit der gleichen Widmung wie in der ersten Auflage; es folgen die gleichen Gedichte in der gleichen Reihenfolge wie in der 1. Auflage, teils mit veränderten Widmungen und verbesserter Interpunktion; zusätzlich insgesamt weitere 5 Gedichte
S. 223–229 *Inhaltsverzeichnis*

DIE GESAMMELTEN GEDICHTE
von Else Lasker-Schüler / 1920 / Kurt Wolff Verlag München / Sechstes bis zehntes Tausend
Großoktav, 230 S.
Umschlagzeichnung wie bei der ersten und zweiten, Widmung wie in der zweiten Auflage
S. 5/6 *Peter Hille: »Else Lasker-Schüler«*, dann auf
S. 7–223 die gleichen Gedichte wie in der 2. Auflage mit geringfügigen Änderungen; zusätzlich eine zweite Fassung des Gedichtes *O Gott* als neuer Abschluß des ganzen Bandes
S. 224–230 *Inhaltsverzeichnis*

HEBRÄISCHE BALLADEN
Von Else Lasker-Schüler / Der Gedichte erster Teil / Mit einer Einbandzeichnung der Verfasserin (Jussufs Versunkenheit,

Selbstporträt in Kniehosen auf einem Thronsessel) / *Verlegt bei Paul Cassirer in Berlin / 1920*
Großoktav, 110 S.
Widmung: *Die Gedichte schenke ich meiner teuren Mutter und ihrem Enkel Paul*

es folgen 20 *Hebräische Balladen*, dann die im wesentlichen unveränderte Abteilung *Meine schöne Mutter blickte immer auf Venedig* und die Gedichte an Senna Hoy
S. 107–110 *Inhalt*

DIE KUPPEL
Von Else Lasker-Schüler / Der Gedichte zweiter Teil / Mit einer Einbandzeichnung der Verfasserin (laufendes Mädchen in orientalischer Kleidung, an einer Rose riechend) / *Verlegt bei Paul Cassirer in Berlin / 1920*
Großoktav, 117 S.
Widmung wie in *Gedichte erster Teil*

S. 7–112 Vorwiegend die Liebesgedichte an Hans Ehrenbaum-Degele, Gottfried Benn, Hans Adalbert von Maltzahn und die übrigen Gedichte an Personen
S. 114–117 *Inhalt*

ELSE LASKER-SCHÜLER
Konzert / 1932 / Rowohlt / Berlin
Oktav, 328 S.
Das Bildnis der Frau Else Lasker-Schüler auf dem Einband ist nach einer Zeichnung ihres Sohnes Paul Lasker-Schüler reproduziert
Widmung: *Meiner teuren Mama und meinem geliebten Sohn Paul in Liebe*

S. 7–326 vorwiegend Prosa-Arbeiten; zwischen diese verteilt oder darin enthalten 20 in den bisherigen Sammlungen nicht gedruckte Gedichte
S. 227/8 *Inhalt*

ELSE LASKER-SCHÜLER
Mein blaues Klavier / Neue Gedichte / Jerusalem 1943
Großoktav, 45 S., 1 Bl.
auf dem blauen Pappeinband eine Federzeichnung:
Abschied von den Freunden, signiert Prinz Jussuf (E L-Sch)

S. 2/3 *Inhalt*
S. 7 *Meinen unvergeßlichen Freunden und Freundinnen in den Städten Deutschlands – und denen, die wie ich vertrieben und nun zerstreut in der Welt, In Treue!*
S. 8–45 insgesamt 31 Gedichte (davon 2 schon in *Konzert*) und ein Prosagedicht als Abschluß / dann Druckvermerk: *This is a limited edition of 330 numbered copies, printed by the Jerusalem Press Ltd., Jerusalem, in June 1943. / Nos 1 to 25 contain a special print of the cover design by the author, hand-painted and signed by her.*

ELSE LASKER-SCHÜLER
Mein blaues Klavier / Neue Gedichte / Tarshish Books Jerusalem / First published in a limited edition of 330 copies / Jerusalem 1943 / Second edition 1957
Großoktav, 47 S.
auf dem weißen Umschlag und als Frontispiz die gleiche, doch hier vergrößerte Zeichnung, mit der Unterschrift: *Abschied von den Freunden (Im Bahnhofsversteck im Augenblick gezeichnet)*, signiert *Prinz Jussuf (E L-Sch)*

S. 5/6 Widmung wie im ersten Druck
S. 7/8 *Inhalt*
S. 9–47 die gleichen Gedichte wie in der Erstausgabe, mit geringfügigen Änderungen der Orthographie und Zeichensetzung

Diese Gedichtsammlungen werden unter folgenden Abkürzungen zitiert (die *Zweite Auflage* der *Gesammelten Gedichte*, deren Texte im wesentlichen mit der Ausgabe von 1920 übereinstimmen, wird nur dann erwähnt, wenn Textabweichungen von dieser Ausgabe vorliegen):

Styx	(Styx)
Der siebente Tag	(Tag)
Meine Wunder	(MW)
Hebräische Balladen 1. Aufl.	(HB 1)
Hebräische Balladen 2. Aufl.	(HB 2)
Die gesammelten Gedichte, 1917	(GG 1917)
Die gesammelten Gedichte, 2. Aufl.	(GG 2)
Die gesammelten Gedichte, 1920	(GG 1920)
Hebräische Balladen, Der Gedichte erster Teil	(Ged I)
Die Kuppel, Der Gedichte zweiter Teil	(Ged II)
Konzert	(Konzert)
Mein blaues Klavier	(Klavier)

Benutzt wurden ferner:

Das Peter-Hille-Buch, 1. Aufl., Berlin 1906	(Peter Hille)
Die Nächte der Tino von Bagdad, 1. Aufl., Berlin 1908	(Tino)
Mein Herz, 1. Aufl., München und Berlin 1912	(Herz)
Gesichte, 1. Aufl., Leipzig 1913	(Gesichte)
Der Prinz von Theben, 1. Aufl., Leipzig 1914	(Prinz)
Der Malik, Berlin 1919	(Malik)
Der Wunderrabbiner von Barcelona, Berlin 1921	(Wunderrabbiner)
Ich räume auf!, Zürich 1925	(Ich räume auf!)
Das Hebräerland, Zürich 1937	(Hebräerland)
Dichtungen und Dokumente, hrsg. von Ernst Ginsberg, München 1951	(Ginsberg DD)
Verschollene und Vergessene, Else Lasker-Schüler, hrsg. von Werner Kraft, Wiesbaden 1951	(Kraft VV)
Verse und Prosa aus dem Nachlaß, hrsg. von Werner Kraft, München 1961	(Nachlaß)

LESARTEN

Styx

78 STYX (Styx, GG, Ged I)
erste Fassung: *Müde*, S. 62
Widmung, unter dem Gedicht: *(Die Gedichte des Styx schenke ich Ludwig von Ficker, dem Landvogt von Tyrol und seiner schönen Schwedin)* (GG)
auf dieses als Zwischentitel gesetzte Gedicht folgen in (GG) insgesamt 15 Neufassungen aus *Styx*

79 CHRONICA (Styx, GG, Ged I)
erste Fassung S. 11
Widmung: *(Meinen Schwestern zu eigen)* (Styx, GG)

80 WELTFLUCHT (Styx, GG, Ged II, Ich räume auf!)
erste Fassung S. 14
Widmung: *(Herwarth Walden, dem Tondichter des Liedes)* (GG 1920)
in (Ged II) unter die Gedichte für Hans Adalbert von Maltzahn eingereiht

3 Schon blüht die Herbstzeitlose, (GG 1920)
Schon blüht die Herbstzeitlose – – (Ich räume auf!)
4 (fehlt) (GG 1920, Ich räume auf!)
5 Vielleicht *ist es* zu spät – zurück
6 *Ob* ich sterbe *zwischen* euch
7 *Die* ihr mich erstickt mit euch. (Ich räume auf!)
10 (fehlt)
11 Verwirrend
12 Zu *entfliehen* (ebd.)
(Ich räume auf!):
Die Gedichte meines ersten Buches: Styx, das im Verlag Axel Juncker erschien, dichtete ich zwischen 15 und 17 Jahren. Ich hatte damals meine Ursprache wiedergefunden, noch aus der Zeit Sauls, des Königlichen Wildjuden herstammend. Ich verstehe sie heute noch zu sprechen, die Sprache, die ich wahrscheinlich im Traume einatmete. Sie dürfte Sie interessieren zu hören. Mein

Gedicht Weltflucht dichtete ich *u. a.* in diesem mystischen Asiatisch. (folgt zuerst das, wie angedeutet, au 11 Zeilen verkürzte Gedicht; dann folgender Text:)

Elbanaff:
Min salihihi wali kinahu
Rahi hatiman
fi is bahi lahu fassun –
Min hagas assama anadir,
Wakan liachad abtal,
Latina almu lijádina binassre.
Wa min tab ihi
Anahu jatelahu
Wanu bilahum.
Assama ja saruh
fi es supi bila uni
El fidda alba hire
Wa wisuri – elbanaff!

81 FRÜHLING (Styx, GG, Ged II)
erste Fassung S. 16

82 MEINE SCHAMRÖTE (Styx, GG, Ged I)
erste Fassung S. 18
3 Auf *meinen Wangen* blutet die Scham (GG)

83 SYRINXLIEDCHEN (Styx, GG, Ged II)
erste Fassung S. 20

84 WINTERNACHT (Styx, GG, Ged II)
erste Fassung S. 22

85 MAIROSEN (Styx, GG, Ged I)
erste Fassung S. 24
Widmung: *(Peter Baum, dem Landwehrmann)* (GG 1917)
(Peter Baum, dem Großfürsten) (GG 1920)

86 DANN (Styx, GG, Ged I)
erste Fassung S. 25

87 ABEND (Styx, GG, Ged II)
erste Fassung S. 26

88 SCHEIDUNG (Styx, GG, Ged II)
erste Fassung: *Karma* S. 27

89 DASEIN (Styx, GG, Ged I)
erste Fassung S. 30
Widmung: *(Eugen von Goßler)* (GG)

90 SEIN BLUT (Styx, GG, Ged II)
erste Fassung S. 32
7 In seine *düstere* Nächtequal (GG 1920)

91 KÜHLE (Styx, GG, Ged I)
erste Fassung S. 38
Widmung: *(Der lieben May Kapteyn)* (GG 1917) *(Dem Kurt Pinthus)* (GG 1920)

92 CHAOS (Styx, GG, Ged II)
erste Fassung S. 39
Widmung: *(Dem Heinz Simon in Frankfurt zur Freundschaft)* (GG 1917)

93 LENZLEID (Styx, GG, Ged II)
erste Fassung S. 41

94 WELTSCHMERZ (Styx, GG, Ged II)
erste Fassung S. 43

95 MEIN DRAMA (Styx, GG, Ged II)
erste Fassung S. 44
Widmung: *(Der lieben Grete Fischer aus Prag)* (GG 1920)

96 LIEBESSTERNE (Styx, GG, Ged II)
erste Fassung: *Sterne des Fatums* S. 45

97 SCHWARZE STERNE (Styx, GG, Ged II)
erste Fassung: *Sterne des Tartaros* S. 46

Widmung: *(Meinem lieben Sioux Marsden Hartley)* (GG 1920)

98 SELBSTMORD (Styx, GG, Ged II)
erste Fassung S. 53

99 BALLADE (Styx, GG, Ged II)
erste Fassung S. 57
Widmung: *(Dem von mir immer so verehrten Dr. Blümner)* (GG)

101 DIR (Styx, GG, Ged I)
erste Fassung S. 61

102 SCHULD (Styx, GG, Ged I)
erste Fassung S. 63
kein Strophenabstand zwischen Vers 10 und 11 (GG)

103 NACHWEH (Styx, GG, Ged I)
erste Fassung S. 65
Widmung: *(Peter Baum und seinem Freunde Dr. Schlieper)* (GG)

104 MEIN TANZLIED (Styx, GG, Ged I)
erste Fassung S. 66
Widmung: *(Dem schönen Schauspieler Erich Kaiser-Titz)* (GG)

105 VERGELTUNG (Styx, GG, Ged II)
erste Fassung S. 67

106 ES WAR EINE EBBE IN MEINEM BLUT (Styx, GG, Ged I)
erste Fassung: *Meine Blutangst* S. 75
Widmung: *(Den lieben zwei Brüdern Helmut und Wieland Herzfelde)* (GG)

107 IM ANFANG (Styx, HB II, GG, Ged I, Hebräerland)
erste Fassung S. 76
Untertitel: *(Weltscherzo)* (Styx, GG)

Widmung: *(Dem lieben Erik-Ernst Schwabach)* (GG)
1 Hing an einer *goldenen* Lenzwolke, (HB II, Hebräerland)
6 Und meine Wollhärchen *flatterten Ringelrei.* (HB II, Hebräerland)
8 Naschte *Goldstaub* der *Sonnenmama,* (HB II, GG 1917)
18 *Mit Seiner fröhlichen Engelschar*
19/20 Ja, als ich noch – Gottes Schlingel war. (Hebräerland)

Der siebente Tag

Sämtliche Gedichte in der Reihenfolge der Erstausgabe, jedoch, wo nichts anderes vermerkt, in der spätesten Fassung

111 ERKENNTNIS (Tag, MW, GG, Ged I)
erste Fassung; zweite Fassung: *Die Stimme Edens* S. 156

114 LIEBESFLUG (Tag, MW, GG, Ged I)
Widmung: *(Meiner lieben Zobeïde: Wally Schramm)* (GG 1920)
1 Drei Stürme liebt ich ihn *eh'r* wie er mich, (Tag, MW)

115 WIR BEIDE (Tag, MW, GG, Ged I)
Widmung: *(Paula Dehmel, der Engelin)* (GG)
12 Die *düstere* Erde hing noch grün am Baum. (Tag)

116 DIE LIEBE (Tag, MW, GG, Ged II)
2 Ein feines Wehen *wie* Seide, (Tag, MW, GG)
14 Ein feines Wehen *wie* Seide – (Tag, MW, GG)

117 TRAUM (Tag, MW, GG, Ged II)

118 MARGRET (Tag, MW, GG, Ged I)
ursprünglicher Titel: *Meiner Schwester Kind* (Tag, MW)
Untertitel: *(Meiner Schwester Marthas Kind)* (GG)
4 Und mein Herz klagt eine Sehnsucht weit (Tag, MW)
9 *Und ich* muß immer träumen (Tag)
Muß immer träumen (MW, GG)

119 »TÄUBCHEN, DAS IN SEINEM EIGNEN BLUTE SCHWIMMT« (Tag, MW, GG, Ged II)
ursprünglicher Titel: *»Täubchen, das in in seinem eigenen Blute schwimmt«* (Tag, MW)
Widmung: *(Richard Dehmel)* (GG)

121 EVA (Tag, MW, HB I/II, GG, Ged I)
Widmung: *(Dem Hans Ehrenbaum-Degele)* (GG)
7 *Und Du zitterst von* Ahnungen (Tag)
7 *Und du zitterst* vor Ahnungen, (HB I/II)
7 Du *zitterst* vor Ahnungen, (MW, GG)
8 Weißt nicht, warum deine Träume stöhnen. (Hb I/II, GG)
11 Und Du bist so *blindjung*, so adamjung . . . (Tag)

122 UNSER STOLZES LIED (Tag, MW, GG, Ged I)
Widmung: *Der Goldhäutigen zu eigen* (Tag)
11 *Und* unsere Leiber ragen stolz, zwei goldene Säulen, (Tag)

123 UNSER LIEBESLIED (Tag, MW, GG, Ged I)
3 *Meine* Welten, die nichts wissen vom Geschehn. (Ged I)
in der ersten Fassung (Tag) Strophe 4 vor Strophe 3, anschließend Strophe 5:
Du.. mein Nacken ist ein Mattgold-Abendfluten
Gleite .. gleite Wildschwane.
12 *Uns* verzückte Arabesken. (Tag, MW, GG 1920)

124 UNSER KRIEGSLIED (Tag, MW, GG, Ged I)
6 *Mai* aus ihren Kelchen steigen, (Ged I)

125 NEBEL (Tag, MW, GG, Ged I)
ursprünglicher Titel: *Erfüllung* (Tag, MW)
Widmung: *(Georg Heinrich Meyer und seiner Moosrose in Leipzig)* (GG)
13 *Und* es schließen sich wie Rosen
14 Unsere Hände. Du, wir wollen (Tag, MW)
22 Wir halten uns *jauchzend* umschlungen (Tag, MW)

126 RUTH (Tag, MW, HB I/II, GG, Ged I)
gleicher Text S. 308
Widmung: *(Der Leila: Lucie von Goldschmidt-Rothschild)* (GG)

127 SCHULZEIT (Tag, MW, GG, Ged I)
ursprünglicher Titel: *Als ich noch im Flügelkleide* ... (Tag)
Widmung: *(Meinem Päulchen)* (GG)

128 GROTESKE (Tag, MW, GG, Ged I)
3 Der Lenzschalk springt mit grünen Füßen
4 *Blühheilala* über die Wiesen. (Tag, MW)

129 DAS GEHEIMNIS (Tag, MW)
14 Am Rand vorbei, der *stillste* Kreis umkrampft uns (Tag)

130 NACHKLÄNGE (Tag, MW, GG, Ged II)
Widmung: *(Helene Herrmann, der ewigen Studentin)* (GG)
15 Duftende *Schönheit* ... (Tag)

132 EVAS LIED (Tag, MW)
16 Und seines Genießens *Todesangst.* (Tag)

133 MAIENREGEN (Tag, MW)

134 MEIN STILLES LIED (Tag, MW)
erste Fassung; zweite Fassung S. 285
17 Doch ich griff nach *euern Händen,* (Tag)
24 *Von* eurer bettelnden Wohltat. (Tag)
38 So *sollst* Du mein Ältestes wissen. (Tag)

137 MEIN VOLK (Tag, MW, HB I/II, GG, Ged I)
gleicher Text S. 292
Widmung: *(Meinem geliebten Sohn Paul)* (GG)

138 ZEBAOTH (Tag, MW, HB I/II, GG, Ged I)
gleicher Text S. 309
Widmung: *(Dem Franz Jung)* (GG)

139 MEIN STERBELIED (Tag, MW, GG, Ged II)

9 *Gieb mir, was* keine Wolke trübt,
Das Gold von seinem frühsten Lenzschein ... (Tag)

15 *Ihren* ersten Menschen wiegen. (MW)
Strophenabstand nur zwischen V 6 und 7 (Tag)

140 STREITER (Tag, MW, GG, Ged II)
Widmung: *(Der verehrten Fürstin Pauline zu Wied)* (GG)

5 Und *durch das übermütige* Tausendlachen (Tag, MW)
Und *im übermütigen* Tausendlachen (GG)

141 WIR DREI (Tag, MW, GG, Ged I)
Untertitel: *(Wieland, ich, Helmut)* (GG)

142 MEIN LIEBESLIED (Tag, MW)

6 Nachtwandelnde, *fiebernde* Kinder, (Tag)
keine Strophenabstände (Tag)

143 MEIN WANDERLIED (Tag, MW, GG, Ged II)
Widmung: *(Meinem lieben Statthalter Alfred Mayer in München)* (GG)

7 *Indessen* meine Seele *sich im* Glanz der Lösung bricht, (Tag, MW)

11 Steigen meine Blicke *hoch wie* Pyramiden, (Tag, MW)

144 DER LETZTE (Tag, MW)
Gedichtanfang:

Wilde Winde wehte ich,
Bis ich stand.
Alle Sterne träumen von mir,
Und ihre Strahlen werden goldener,
Und meine Ferne undurchdringlicher.
Ich lehne am geschlossenen Lid der Nacht
Und horche in die Ruhe.
Wie mich der Mond umwandelt,
Immer *leises,* blindes Geschimmer murmelnd, (Tag)

11 Und jäh über die Wolken sein *Lawinengedröhne* (Tag)
keine Strophenabstände (Tag)

145 O, MEINE SCHMERZLICHE LUST ... (Tag, MW, GG, Ged I)
Widmung: *(Elfriede Caro in großer Freundschaft)* (GG)
keine Strophenabstände (Tag)

146 DER LETZTE STERN (Tag, MW, GG, Ged II)
Widmung: *(John Hertz und Alice Behrend)* (GG)
7 Schlangenkühl *steigt* der Atem der Winde,
8 *Wie* Säulen aus blassen Ringen
9 *Und fallen* wieder. (Tag, MW)
13 – *Wie* eine sanfte Farbe ist mein Bewegen – (Tag, MW)
14 *Und doch hatte sie* nie das frische Auftagen,
15 Nicht das jubelnde Blühen eines Morgen *für* mich. (Tag)
Nicht das jubelnde Blühen eines *Morgens* mich. (GG 1920)
26/27 ein Vers (Tag, MW)

147 HEIM (Tag, MW, GG, Ged I)
Widmung: *(Estella Meyer der Lieben)* (GG)

148 SPHINX (Tag, MW, GG, Ged I)
8 Und ihre Hände dehnen breit sich nach *den* Kissen, (Tag, Druckfehler)
10 *Wie süßer* Duft auf weißen Beeten. (Tag, MW)
13 Erstarken neu im Kampf mit Widersprüchen,
Und meine Seele heilt in Erdgerüchen,
Die sommerheiß aus ihren Poren quellen. (Tag)

149 WELTENDE (Tag, MW, GG, Ged I)
Widmung: *Herwarth Walden* (Tag), *(H. W. Wilhelm von Kevlaar zur Erinnerung an viele Jahre)* (GG 1917)
4 Lastet *grabeschwer.* (GG, Ged I)

153 NUN SCHLUMMERT MEINE SEELE – (MW, GG, Ged II)
Widmung: *(Dem lieben Hans Heinrich von Twardowsky)* (GG 1917), *[Twardowski]* (GG 1920)
kein Strophenabstand hinter V 8 (MW)

154 ANKUNFT (MW, GG, Ged I)
Widmung: *(Meinem lieben Job Haubrich in Köln)* (GG 1917)

155 VERSÖHNUNG (MW, GG, HB I/II, Ged I)
gleicher Text S. 291
Widmung: *(Meiner Mutter)* (GG 1920)

156 DIE STIMME EDENS (MW, GG, Ged I)
Zweite Fassung von *Erkenntnis* (Tag), siehe S. 111
Widmung: *(Dem lieben Fritz Wolff, dem Zeichner der Generäle und seiner Malerin mit vieler Liebe)* (GG)
25 Wie das Mondlicht *wandle* dein Antlitz (MW)
kein Strophenabstand nach V 31 (MW)
38 Eva, kehre um vor der letzten *Ecke* noch! (MW)

158 IN DEINE AUGEN (MW, GG, Ged I)
Titel: In *deinen* Augen . . . (MW)

159 VON WEIT (MW, GG, Ged II)

160 WO MAG DER TOD MEIN HERZ LASSEN? (MW, GG, Ged II)
Titel: *Die Liebe* (MW)
Wo mag der Tod mein Herz lassen (GG)

161 PHARAO UND JOSEPH (MW, HB I/II, GG, Ged I)
gleicher Text S. 299
Widmung: *(Dem Doktor Benn)* (GG)

162 DAVID UND JONATHAN (MW, HB I/II, GG, Ged I)
gleicher Text S. 302
Widmung: *(Dem Senna Hoy)* (GG)

163 LEISE SAGEN – (MW, GG, Ged II)

164 EIN ALTER TIBETTEPPICH (MW, GG 1920, Ged I)

165 ICH BIN TRAURIG (MW, GG, Ged II)
9 Die welke Rose ihrer *Lenden* röten. (MW)

166 ABEND (MW, GG, Ged I)
Widmung: *(Alexander von Bernus)* (GG 1917)

167 UND SUCHE GOTT (MW, GG, Ged I)
Widmung: *(Meinem Paul)* (GG)
2 *Und* nie den Morgen gesehen (MW)

168 HEIMWEH (MW, GG, Ged I)
Widmung: *(Zwei Freunden: Paul Zech und Hans Ehrenbaum-Degele)* (GG)

169 MEINE MUTTER (MW, GG, Ged I)

170 RAST (MW, GG, Ged I)

171 AN GOTT (MW, HB I/II, GG, Ged I, Hebräerland)
gleicher Text S. 311
12 Alle die *frühen* und die *späten* Brunnen rauschen.
(Gesichte, S. 17, dort nur Vers 7 bis 12 angeführt)

172 MARIE VON NAZARETH (MW, GG, Prinz von Theben, Ged I, Hebräerland)
Titel: *Maria* (MW)
Widmung: *(Meiner liebsten Kete Parsenow)* (GG)
In »Der Prinz von Theben« ist dieses Gedicht die freie Paraphrase eines »*wundersüßen Liedchens auf altnazarenisch-hebräisch*« (Hebräerland: »*ein klein altaramäisches Kinderliedchen*«), dessen Text dort folgendermaßen lautet (in »Das Hebräerland« etwas abweichend):

Abba ta Marjam
Abba min Salihï.
Gad mâra aleijâ

Assâma anadir –
Binassre wa wa.
Lala, Marjam
Schû gabinahû,
Melêchim hadû-ja.
Lahû Marjam
alkahane fi sijab.

173 KETE PARSENOW (MW, GG, Ged I)
Titel: *Die Königin* (MW, GG)
Widmung: *(Für Kete Parsenow)* (MW, GG)

174 VOLLMOND (MW, GG, Ged I)
Widmung: *(Meiner Stadt Theben)* (GG 1920)

Meinem so geliebten Spielgefährten Senna Hoy (GG, Ged I)
Reihenfolge der Texte nach Ged I

177 BALLADE (Erste Fassung) (GG, Ged I)
9 *Den Ritter schlägt er mit der Axt* tot. (GG)

178 BALLADE (Zweite Fassung) (GG, Ged I)
3 Trotzendes Gold seine *Stirn* war, (GG)
14 *Den Dieb sticht seine Ehre* tot. (GG)

179 SENNA HOY (GG, Ged I)

180 MEIN LIEBESLIED (MW, GG, Ged I)
Widmung: *(Sascha dem himmlischen Königssohn)* (GG)

182 SIEHST DU MICH (MW, GG, Ged I)
Widmung: *(Dem holden gefangenen Krieger Sascha)* (GG)

183 EIN LIEBESLIED (MW, GG, Ged I)
Widmung: *(Dir, Sascha – Dir)* (GG)

184 EIN LIED DER LIEBE (MW, GG, Ged I)
Widmung: *(Sascha)* (GG)

186 EIN TRAUERLIED (MW, GG, Ged I)
Widmung: *(für Sascha den Prinzen von Moskau)* (GG)
8 *Sammle* ich unberührt. (MW)
15 *Nie mehr* soll es früh werden, (GG 1920)

188 SASCHA (GG, Ged I)
3 Aber auf deiner *Stirn* sind meine Gebete (GG)

189 SENNA HOY (GG, Der Malik, Ged I)
Titel: *Senna Hoy †* (GG)
Dazu in GG ein Vortext:
Senna Hoy ging vor zehn Jahren nach Rußland. Er war damals zwanzig Jahre alt. Während der Revolution wurde er in einem Garten gefangen genommen, ganz grundlos, wie damals solche Verhaftungen nach Gutdünken der Polizei stattfanden. Auf dem Termin wurden Zeugen, die Senna Hoy angab, nicht zugelassen und er kam vom Rathaus in die Warschauer Festung. Aber bald wurde er in das entsetzliche Gefängnis (Katorga) nach Moskau gebracht, wo er, da er sich stets gegen die Mißhandlungen der Mitgefangenen einsetzte, selbst fast zu Tode gepeinigt wurde. Durch die Hilfe des Leibarztes des Zaren gelang es, Senna Hoy, nachdem er sieben Jahre im Kerker zu Moskau geschmachtet und zweimal versucht hatte, sich das Leben zu nehmen, in die Gefangenenabteilung des Krankenhauses nach Metscherskoje, fünf Stunden über die Ebene von Moskau entfernt, zu bringen, wo er, der schönste, blühendste Jüngling, der auszog, für die Befreiung gepeinigter Menschen zu kämpfen, selbst erlag, zwischen todkranken, irrsinnigen Gefangenen. »Wohl ein heiliger Feldherr«, meinte selbst der Direktor der Anstalt.

Meinem reinen Liebesfreund Hans Ehrenbaum-Degele (GG, Ged II)
Reihenfolge der Texte nach GG und Ged II

193 HANS EHRENBAUM-DEGELE (GG, Ged II)
Widmung: *(Dieses Gedicht seiner weinenden, jungen Mutter)* (GG)

194 ALS ICH TRISTAN KENNEN LERNTE – (GG, Ged II)
10 *Deine Haare sind Goldnelken,*
11 *Heiligenbilder* deine Augen. (GG)

195 AN DEN GRALPRINZEN (Mein Herz, GG, Ged II)
dieses und die folgenden vier Gedichte zuerst ohne Überschriften in »Mein Herz, Ein Liebesroman«

196 AN DEN PRINZEN TRISTAN (Mein Herz, GG, Ged II)
Widmung: *(Unserem Freund dem Hutten: Wilhelm Murnau)* (GG)

197 AN DEN RITTER AUS GOLD (Mein Herz, GG, Ged II)

198 AN DEN RITTER (Mein Herz, GG, Ged II)

199 AN TRISTAN (Mein Herz, GG, Ged II)

Gottfried Benn (GG, Ged II)
Reihenfolge der Gedichte im wesentlichen mit Ged II übereinstimmend; als Einleitung in GG folgender Prosatext:

Doktor Benn

Er steigt hinunter ins Gewölbe seines Krankenhauses und schneidet die Toten auf. Ein Nimmersatt, sich zu bereichern an Geheimnis. Er sagt: »tot ist tot«. Dennoch fromm im Nichtglauben liebt er die Häuser der Gebete, träumende Altäre, Augen, die von fern kommen. Er ist ein evangelischer Heide, ein Christ mit dem Götzenhaupt, mit der Habichtnase und dem Leopardenherzen. Sein Herz ist fellgefleckt und gestreckt. Er liebt Fell und liebt Met und die großen Böcke, die am Waldfeuer gebraten wurden. Ich sagte einmal zu ihm: »Sie sind allerleiherb, lauter Fels, rauhe, Ebene, auch Waldfrieden, und Buchecken und Strauch und Rotrotdorn und Kastanien im Schatten und Goldlaub, braune Blätter und Rohr. Oder Sie sind, Erde mit Wurzeln und Jagd und Höhenrauch und Löwenzahn und Brennesseln und Donner.« Er steht unentwegt, wankt nie, trägt das Dach einer Welt auf dem Rücken. Wenn ich mich vertanzt habe, weiß nicht, wo ich hin soll, dann wollte ich, ich wäre ein grauer Samtmaulwurf und würfe seine Achselhöhle auf und vergrübe mich in ihr. Eine Mücke bin ich und spiele immerzu vor seinem Angesicht. Aber eine Biene möcht ich sein, dann schwirrte ich um seinen Nabel. Lang bevor ich ihn kannte, war ich seine Leserin; sein Gedichtbuch – Morgue – lag auf meiner Decke: grauenvolle Kunstwunder, Todesträumerei, die Kontur annahm. Leiden reißen ihre Rachen auf und verstummen, Kirchhöfe wandeln in die Krankensäle und pflanzen sich vor die Betten der Schmerzensreichen an. Die kindtragenden Frauen hört man schreien aus den Kreißsälen bis ans Ende der Welt. Jeder seiner Verse ein Leopardenbiß, ein Wildtiersprung. Der Knochen ist sein Griffel, mit dem er das Wort auferweckt.

203 O, DEINE HÄNDE (GG, Ged II)
Widmung: *(An Giselfendi)* (GG)

204 GISELHEER DEM HEIDEN (GG, Ged II)

206 GISELHEER DEM KNABEN (GG, Ged II)
4 *Ich* möchte mit dir spielen. (GG 1920)

207 GISELHEER DEM KÖNIG (GG, Ged II)

208 LAUTER DIAMANT (GG, Ged II)
Widmung: *(An Gisel)* (GG)
14 *Launig* verstießest. (GG, Ged II)

209 DAS LIED DES SPIELPRINZEN (GG, Ged II)
Widmung: *(G. B. in Liebe)* (GG 1917, 1920)
(Ihm in Liebe) (GG 2)

210 HINTER BÄUMEN BERG ICH MICH (GG, Ged II)

212 GISELHEER DEM TIGER (GG, Ged II)

213 KLEIN STERBELIED (GG, Ged II)
Widmung: *(Gottfried Benn)* (GG)

214 O GOTT (GG, Ged II)
in GG 1920 steht das Gedicht in zwei Fassungen, die endgültige Fassung als Schlußgedicht des ganzen Bandes
4 – Ich wollt *mein Liebster wär'* ein Kind –
5 *Er* wüßte *noch* vom ersten Atem zu erzählen. (GG)

215 HÖRE (GG, Ged II)
Widmung: *(Letztes Lied an Giselheer)* (GG)

216 PALMENLIED (Ged II)

217 VERINNERLICHT (GG, Ged I)
Widmung: *(Meinem Doktor Benn)* (GG)

218 NUR DICH (GG, Ged II)

219 DEM BARBAREN (GG, Ged II)

221 DEM BARBAREN (GG, Ged II)

222 O ICH MÖCHT AUS DER WELT (GG, Ged II)
Titel: O ich möcht aus der Welt! (GG)
Widmung: *(Meinem Doktor Benn)* (GG)
10 O ich *möcht* aus der Welt! (GG)

Hans Adalbert von Maltzahn (GG, Ged II)

225 AN HANS ADALBERT (GG, Ged II)

226 DEM HERZOG VON LEIPZIG (GG, Ged II)

227 ABER DEINE BRAUEN SIND UNWETTER... (GG, Ged II)
Widmung: *(H. A.)* (GG 1917)

228 DU MACHST MICH TRAURIG – HÖR (GG, Ged II)
Widmung: *(Hans Adalbert)* (GG 1917), *(Guido)* (GG 2)

229 PAUL LEPPIN (GG, Ged II)
in GG ohne Überschrift
1 Der König von Böhmen *Paul Leppin* (GG)

230 DEM KÖNIG VON BÖHMEN (GG, Ged II)

231 DEM DANIEL JESUS PAUL (GG, Ged II)

232 AN ZWEI FREUNDE (GG, Ged II)
Widmung: *(Dem Duc)* (GG)

233 LAURENCIS (GG, Ged II)
Widmung: *(Hans Siemsen dem lieben Heiligen)* (GG 1917)

234 ABSCHIED (GG, Ged II)
Strophe 4 fehlt in GG 1920

235 SAVARY LE DUC (GG 1920, Ged II)
unter dem Titel: *(starb bei Lausanne 1918 schön und jung)* (GG 1920) Widmung: *Seinem brüderlichen Freund Hans Siemsen, den er im Tod noch liebt.* (GG 1920)

236 UNSER LIEBESLIED (GG, Ged II)
Widmung: *(Ihrem kleinen Zeno in Zärtlichkeit)* (GG)

237 ABDUL ANTINOUS (Tino)
in den »Nächten der Tino von Bagdad« als Abschluß des folgenden Prosastückes:

Der Magier

Vor Bor Ab Balochs Blick stürzten die Tore der feindlichen Städte, und vom zackigen Dolch einer Gewitterschlacht fiel der jüdische Feldherr jehovahgesegnet. Tief im Antlitz senkt sich seines Sohnes Abduls herbes Knabenauge, aber seine Wange lächelt seiner Mutter Lächeln. Unter der Goldrose der Frühe wandelt Abdul Antinous an den Bächen vorbei, darin sich die Königskinder spiegeln. Bagdads Prinzessin blickt ihm entgegen – ein goldenes Samtsegel ist ihre beschattende Hand –
Abdul Antinous .....

Alle Sonnen singen vor ihrer Seele, Psalme, die nach seiner ehernen Blute stehn und duften nach dem Lächeln seine Wange.
(Eine Zeile Zwischenraum, dann der Text des Gedichtes).

238 PABLO (Wunderrabbiner)
Verse der Dichterin Amram in der Erzählung »Der Wunder-rabbiner von Barcelona«; dort auch die erste Fassung de Gedichtes »Gott hör...« (siehe S. 321) Die Erzählun schließt nach dem Tode des Wunderrabbiners Eleasar mi folgenden Versen:

Die Engel deckten wolkenweiß zum Himmelsmahle,
Des hohen Heimgekehrten Herz nahm Gott aus seiner Schale
Zu prüfen das geweihte widerspenstige Erz,
O Eleasars Herz rieb sich an Herz,
Entbrannte seinen Stein!
Jerusalem, in seinen Krug gieß deinen Wein
Und laß ihn gären aufbewahrt im Tale.

240 ICH TRÄUME SO LEISE VON DIR (GG, Ged I)
Widmung: *(S. H.)* (GG 1917)

241 ABSCHIED (GG 1920, Ged I)

242 DER MÖNCH (GG, Ged I)
Widmung: *(F. J.)* (GG 1917)

243 DEM MÖNCH (GG, Ged I)
Widmung: *(F. J.)* (GG 1917)

244 DEM MÖNCH (GG, Ged I)
Widmung: *(F. J.)* (GG 1917)
10 Und morgen ist *schon* ewige Nacht. (GG 1917)

245 EIN LIED (GG, Ged I)

246 HEIMLICH ZUR NACHT (GG, Ged I)

247 ST. PETER HILLE (GG, Ged I)
in (GG) mit der Unterschrift *Tino*, nach folgendem, als Einleitung zu dem Bande gedruckten Text von Peter Hille:

Else Lasker-Schüler

Else Lasker-Schüler ist die jüdische Dichterin. Von großem Wurf. Was Deborah!
Sie hat Schwingen und Fesseln, Jauchzen des Kindes, der seligen Braut fromme Inbrunst, das müde Blut verbannter Jahrtausende und greiser Kränkungen. Mit zierlichbraunen Sandälchen wandert sie in Wüsten, und Stürme stäuben ihre kindlichen Nippsachen ab, ganz behutsam, ohne auch nur ein Puppenschühchen hinabzuwerfen. Ihr Dichtgeist ist schwarzer Diamant, der in ihrer Stirn schneidet und wehetut. Sehr wehe.
Der schwarze Schwan Israels, eine Sappho, der die Welt entzwei gegangen ist. Strahlt kindlich, ist urfinster. In ihres Haares Nacht wandert Winterschnee. Ihre Wangen feine Früchte, verbrannt vom Geiste.
Sie tollt sich mit dem alterernsten Jahve, und ihr Mutterseelchen plaudert von ihrem Knaben, wie's sein soll, nicht philosophisch, nicht gefühlsselig, nein – von wannen Liebe und Leben kommt, aus dem Märchenbuch.
Else Lasker-Schüler ist von dunkelknisternder Strähne auf heißem, leidenschaftstrengem Judenhaupte, und so berührt so etwas wie deutsche Volksweise, wie Morgenwind durch die Nardengassen der Sulamith überaus köstlich. Wie auch Heine einen Einschlag von deutschen Fäden im Blute hatte, wohl noch stärker als Prinzeß Tino. So daß es bei ihm zu Kampf, fast zur Auflösung kam.
Else's Seele aber steht in den Abendfarben Jerusalems, wie sie's einmal so überaus glücklich bezeichnet hat.
Jüdische Dichter, schöpferische Dichter aus Judäerblut sind selten. Die Glut einer entlegenen Urseele ursprünglich, stark und bei Schmähungen ungereizt zu erhalten, ist nicht leicht. Heinrich Heine hat zu viel kleinliche Gehässigkeit, zu viel geriebenes Feuilleton unter seinen Werken.
Ein zweiter Gedichtband ist im Druck. Auf Wiedersehen, Tino!

Tino ist der unpersönliche Name, den ich für die Freundin und den Menschen fand, die flammenden Geist und zitternde Welt wie mit Blumenkelchen umfangende Seele.

Peter Hille.

248 RICHARD DEHMEL (Gesichte, GG, Ged II)

249 FRANZ WERFEL (Gesichte, Ged II)
5 Immer *schrieb'* ich ihm *glühende Liebesbriefe,*
6 Die *unbeantwortet bleiben.* (Gesichte)
19 *Immerblau* streut seine Stimme (Gesichte)

250 HERODES. V. AUFZUG (Gesichte, GG, Ged II)
Titel: *Albert Heine* – Herodes V. Aufzug (Gesichte, GG)
Untertitel: *(Berliner Theater)* (GG)
Strophengliederung in Gesichte: 4, 2, 2, 2, 4, 2 Zeilen

251 KARL VOGT (Gesichte, GG, Ged II)

252 PAUL ZECH (Gesichte, GG, Ged II)

253 PETER BAUM (GG, Ged II)

255 GEORG TRAKL (GG, Ged II)

256 GEORG TRAKL (GG, Ged II)
4 Auf blauen und weißen Wolken. (GG)

257 ALICE TRÜBNER (GG, Ged II)
Widmung: *(Ihrem lieben Jungen)* (GG)
10 *Sonnengold* streute sie von sich. (GG)
17 Ihre Bilder *alle,* (GG)
19 *Viele* aufbewahrt unter Glas (GG)

259 GEORGE GROSZ (GG, Ged II)
Widmung: *(Seinem Freunde Theodorio)* (GG)
6 – Ward unter einem *bösen* Stern geboren – (GG)

261 HEINRICH MARIA DAVRINGHAUSEN (GG, Ged II)
Widmung: *(Seinem Freunde Wieland)* (GG)

262 MILLY STEGER (GG, Ged II)
Widmung: *(Ihrer Mutter)* (GG)

263 LEO KESTENBERG (Ged II)

264 LUDWIG HARDT (Ged II)

266 UND DER PAUL GRAETZ (Konzert)

267 HANS HEINRICH VON TWARDOWSKY (Ged II)

268 WILHELM SCHMIDTBONN (GG, Ged II)

269 THEODOR DÄUBLER (GG 1920, Ged II)
18 Sonne und süßes Gehänge, viel, viel *Wildweinbäume* (Druckfehler?, Ged II)
19 *Und* Evviva, dir, Fürst von Triest! (GG 1920)

270 FRANZ MARC (GG, Ged II)

272 CARL SONNENSCHEIN (Konzert)
als Abschluß eines Gedenkaufsatzes über den »großen Armenapostel und Dichter«

Meine schöne Mutter blickte immer auf Venedig (GG, Ged I)

275 MUTTER (Styx, GG, Ged I, Hebräerland)
erste Fassung (Styx) S. 13
Widmung: *(Meiner teuren Mutter der heiligste Stern über meinem Leben)* (GG 1917)
(Meiner teuren Mutter, dem heiligsten Stern über meinem Leben) (GG 1920)
in vier dreizeilige Strophen abgeteilt, wobei Vers 11 und 12 sowie Vers 13 und 14 jeweils als eine Zeile gedruckt sind (Hebräerland)

276 MUTTER (GG, Ged I)

277 MEINER SCHWESTER ANNA DIESES LIED (GG, Ged I)
Widmung: *(Ihren Kindern Edda und Erika Lindner)* (GG)

278 MEIN KIND (Styx, GG, Ged I)
erste Fassung (Styx) S. 51

279 MEINLINGCHEN (Styx, GG, Ged I)
erste Fassung (Styx) S. 56
Widmung: *(Dem Prinzen Alcibiades de Rouan)* (GG)

280 DIE PAVIANMUTTER SINGT IHR PAVIÄNCHEN IN DEN SCHLAF (Peter Hille, GG, Ged I)
Widmung: *(Meinem kleinen Päulchen. Aus dem Peter-Hille Buch)* (GG)

281 EIN TICKTACKLIEDCHEN FÜR PÄULCHEN (GG, Ged I)

282 ANTINOUS (GG, Ged I)
Widmung: *(Adi André-Douglas)* (GG)

283 DER ALTE TEMPEL IN PRAG (GG, Ged I)
Widmung: *(Otto Pick)* (GG)

284 MEIN LIED (GG, Ged II)
Widmung: *(Meinem gefallenen, lieben Krieger Georg Trakl)* (GG)

285 MEIN STILLES LIED (Tag, MW, GG, Ged II)
frühere Fassung (Tag) S. 134
Widmung: *(Meiner lieben Malerin Alice Trübner)* (GG)

287 DAS LIED MEINES LEBENS (GG, Ged I)
Widmung: *(Leo Kestenberg und seiner Grete)* (GG)

288 GEBET (GG, Ged II)
Widmung: *(Meinem teuren Halbbruder, dem blauen Reiter)* (GG)

Hebräische Balladen

Sämtliche in diesen Zusammenhang gehörenden Gedichte aus allen Sammlungen von *Styx* bis *Konzert*, unter Ausschluß der beiden Gedichte *Im Anfang* (S. 76 und S. 107) und *Eva* (S. 121).
Widmungen: *Karl Kraus zum Geschenk* (HB 1/2); *Meine hebräischen Balladen widme ich Karl Kraus dem Kardinal* (GG)

291 VERSÖHNUNG (MW, HB 1/2, GG, Ged I, Hebräerland)
gleicher Text S. 155
Titel: *Der Versöhnungstag* (Hebräerland)
Widmung: *(Guido von Fuchs, dem Tondichter meiner Balladen)* (GG 2), *(Meiner Mutter)* (GG 1920)

292 MEIN VOLK (MW, HB 1/2, GG, Ged I)
gleicher Text S. 137
Widmung: *(Meinem geliebten Sohn Paul)* (GG)

293 ABEL (HB 1/2, GG, Ged I)
Widmung: *(Fritz Holländer, dem Tondichter meiner Wupper)* (GG 1920)
11 In deines Bruders Angesicht? (HB 1/2, GG)
12 (Strophenabstand, dann:)
Durch dein dumpfes Herz
Klagt Abels flatternde Seele.
Warum hast du deinen Bruder erschlagen, Kain?
(HB 1/2)

294 ABRAHAM UND ISAAK (HB 1/2, GG, Ged I, Hebräerland)
Widmung: *(Dem großen Propheten St. Peter Hille in Ehrfurcht)* (GG)
10 Und Gott ermahnte Abraham; (HB 1/2)
13 Und trug den einzigen Sohn gebunden auf *dem* Rücken! (Hebräerland)

295 HAGAR UND ISMAEL (Ged I)

296 JAKOB UND ESAU (HB 1/2, GG, Ged I, Hebräerland)
Widmung: *(Meinen lieben Spielgefährten Hanns Schweikart und Aribert Wäscher)* (GG 1920)

297 JAKOB (HB 1/2, GG, Ged I, Konzert in dem Prosastück »Das Gebet«, Hebräerland)
Widmung: *(Dem Doktor Pagel)* (GG 1917)
(Dem Doktor Gerhard Pagel) (GG 1920)
8 Sank er *fiebernd vor dem Himmel* nieder,
9 – Und sein Ochsgesicht – erschuf – das Lächeln. (Konzert)

298 JOSEPH WIRD VERKAUFT (Konzert)

299 PHARAO UND JOSEPH (MW, HB 1/2, GG, Ged I)
gleicher Text S. 161
Widmung: *(Dem Doktor Benn)* (GG)

300 MOSES UND JOSUA (HB 2, GG, Ged I, Hebräerland)
Widmung: *(Dem Bischof Ignaz Jezower)* (GG)
10 Den *Moses* altes Sterbeauge *aufgehen* sah, (Hebräerland)

301 SAUL (GG, Ged I, Hebräerland)
Widmung: *(Meinem blauen, blauen Reiter Franz Marc)* (GG)
Vers 3 und 6 vertauscht (GG 1917)
7 Vor seinen Toren aber stehen die *Hethiter.* (GG)

302 DAVID UND JONATHAN (MW, HB 1/2, GG, Ged I)
gleicher Text S. 162
Widmung: *(Dem Senna Hoy)* (GG)

303 DAVID UND JONATHAN (GG 2, GG 1920, Ged I, Konzert, Hebräerland)
6 Ich hab so säumerisch die *kühne* Welt (GG 2, GG 1920, Ged I)
7a *Doch hat mein Träumen sich nicht hold belohnt* (GG 2)
8 *Da sie nun bunt* aus meinem Auge fällt, (GG 2)
Wie bunt sie nun aus meinem Auge fällt, (GG 1920, Ged I)

9 *Durch deine* Liebe aufgetaut. (GG 2, Ged I)
Strophenabstand nach Vers 9 (GG 2, GG 1920), nach Vers 11 (Ged I)

14 Du Ring in meiner Lippe Haut, (Ged I)
Durch den ich wieder neu und scheu mich sehne... (GG 2, GG 1920, Ged I)

304 ABIGAIL (Konzert)

306 ESTHER (HB 1/2, GG, Ged I, Hebräerland)
Widmung: *(Meiner geliebten Enja, der Ritterin von Hattingberg)* (GG 1917), *(Dem Robert Schoepf)* (GG 1920)

307 BOAS (HB 1/2, GG, Ged I)
Widmung: *(Meiner unvergeßlichen Prinzessin Hellene von Soutzo)* (GG)

308 RUTH (MW, HB 1/2, GG, Ged I)
gleicher Text S. 126
Widmung: *(Der Leila: Lucie von Goldschmidt-Rothschild)* (GG)

309 ZEBAOTH (HB 1/2, GG, Ged I)
gleicher Text S. 138
Widmung: *(Dem Franz Jung)* (GG)

310 SULAMITH (HB 1/2, GG, Ged I, Hebräerland)
gleicher Text in *Styx*, S. 37

1 O, ich lernte an deinem *heiligen* Munde (Hebräerland)
Vers 5 und 6 eine Zeile, danach Strophenabstand (ebd.)
Vers 8 und 9 eine Zeile, anschließend als Schlußzeilen des Gedichtes:
Verwehe im Weltraum in Zeit und Ewigkeit –
Und meine Seele verglüht in den Abendfarben
Jerusalems. (ebd.)

311 AN GOTT (MW, HB 1/2, GG, Ged I, Hebräerland)
gleicher Text S. 171

12 Alle die *frühen* und die *späten* Brunnen rauschen.
(Gesichte, S. 17, dort nur Vers 7 bis 12 angeführt)

Konzert

Sämtliche Gedichte aus diesem Sammelband von Prosa und Versen; mit Ausnahme von vier hebräischen Balladen und zwei Gedichten, die von der Dichterin selber später in den letzten Gedichtband *Mein blaues Klavier* übernommen wurden

317 LETZTER ABEND IM JAHR (Konzert, letzte Strophe in Hebräerland)
zwischen den einzelnen Strophen jeweils ein Sternchen; ebenfalls bei den Gedichten *Gott hör ...* und *Weihnachten* (Konzert)

13 Es ruhen Rand an Rand einträchtig Land und *Seen* (Hebräerland)
ebenso in Vers 15 *verstehn*, und Vers 17 *Geschehn* (ebd.)

319 RELIQUIE
ohne Überschrift eingefügt in das Prosastück »Konzert« nach: *Ich glaubte eher zu sterben als mein Kind und hinterließ ihm der Reliquie Vers:* (Konzert)

321 GOTT HÖR ... (Wunderrabbiner, Konzert)

8 Für meine Traurigkeit *fehlt jedes* Maß auf deiner Waage. (Wunderrabbiner)

11 Und *wurde* doch *für deinen* ewigen *Hauch zu wach.* (ebd.)

327 STROPHE
ohne Überschrift als Abschluß des Prosastückes »Das Meer« (Konzert)

Mein blaues Klavier

331 AN MEINE FREUNDE (Konzert, Klavier)
im Anschluß an das Prosastück »Das heilige Abendmahl« (Konzert)

7 Schon im Gespräch mit euch, *himmlisch Konzert,*
8 *Ruhe ich aus.* (Konzert)
18 Ich möchte innig mit euch *zungenreden,* (ebd.)
20 Sich die Liebe mischt mit *unserm* Wort. (ebd.)

335 AN MEIN KIND (Konzert, Hebräerland, Klavier)
20 Im Wind und Schneeregen. (Konzert, Hebräerland)

337 MEIN BLAUES KLAVIER (Klavier)
5 Es *spielten* Sternenhände vier (Konjektur des Herausgebers)

339 ÜBER GLITZERNDEN KIES (Klavier)
Faksimile nach einer Handschrift aus dem Besitz von Werner Kraft in (Kraft VV); dort Vers 16 in zwei Zeilen aufgeteilt:

Ich habe keine Schwestern mehr
Und keine Brüder –

344 ABENDZEIT (Klavier)
nach der letzten Strophe ursprünglich noch eine weitere, die in zwei Fassungen erhalten ist:

Und weiß es nicht, ob meine Mutter mein . . .
Es war, die mir erschien im lichten Engelkleid . . .
Bald ruht mein Herz zeitlos im Immersein . . .
Geweihter Talisman für alle Ewigkeit.

(in der von Klaus Mann herausgegebenen Zeitschrift »Die Sammlung«, Amsterdam, Oktober 1933; siehe auch Ginsberg DD, Anmerkungen, und Kraft VV)

Und weiß es nicht, ob meine Mutter mein
Es war – weit hinter allen Welten weit,
Am Himmel hoch im Heiligenschein! –. . .–. . .
Bald liegt mein Herz in ihrem Immersein
Ein Talisman für alle Ewigkeit.

(Handschrift im Nachlaß, nach einer freundlichen Mitteilung von Werner Kraft)

346 ICH LIEGE WO AM WEGRAND (Klavier)
handschriftliche, stark abweichende Fassung in fünf dreizeiligen Strophen in (Nachlaß)
Widmung: *(Treulosen Freunden)*

347 DIE VERSCHEUCHTE (Klavier)
handschriftliche Hinzufügung in einem Manuskript, Faksimile siehe (Ginsberg DD):

(und deine Lippe, die der meinen glich,
Ist wie ein Pfeil nun blind auf mich gezielt.)

»Dasselbe Gedicht befindet sich, mit dem Vermerk *von vorgestern neu,* im Besitz von Dr. J. Job, Zürich. Dort trägt es die Überschrift *Das Lied der Emigrantin.* Die dritte Zeile lautet dort:

Leer hingezeichnet wie auf einem Bild.

Die vierte Strophe *(Wo soll ich hin* bis *ein Bündel Wegerich)* fehlt.
Statt *Bald haben Thränen alle Himmel weggespült* heißt es

Bald haben Thränen reißend alle Blumen weggespült

und dem Schluß des Faksimiles« – also nach dem oben angeführten Zweizeiler – »ist noch hinzugefügt:

Und alles starb, was ich für dich gefühlt.

Bedeutungsvolle Änderungen, Hinzufügungen und Weglassungen, die zur endgültigen Fassung geführt haben!« (Ginsberg DD, Anmerkungen)

351 HERBST (Klavier)
um eine zweizeilige Schlußstrophe erweiterte Fassung ohne Überschrift als Abschluß des Prosastückes »Ernst Toller« in (Nachlaß)

357 ABENDS (Klavier)
um eine vierzeilige Schlußstrophe erweiterte handschriftliche Fassung mit der Überschrift *Herbst* in (Nachlaß)

358 DEM VERKLÄRTEN (Klavier)
7 So bange mir in der *Dämmerungweh* … (Klavier 1943)

359 UND (Klavier)
ursprünglicher Titel (siehe Kraft VV): *Hebräisch Volkslied. Auf der Cymbel zu singen*

368 ICH SÄUME LIEBENTLANG (Klavier)
Titel in einem Manuskript aus dem Besitz von Werner Kraft (siehe Kraft VV): *Der Apostel und die Dichterin*

INHALTSVERZEICHNIS

Styx

(zweite Fassungen)

Der siebente Tag

Meine Wunder

Meinem so geliebten Spielgefährten Senna Hoy

Meinem reinen Liebesfreund Hans Ehrenbaum-Degele

Gottfried Benn

Hans Adalbert von Maltzahn

Meine schöne Mutter blickte immer auf Venedig

Hebräische Balladen

Konzert

Mein blaues Klavier

Verzeichnis der Gedichte nach Überschriften und Anfangszeilen

suhrkamp taschenbücher
Eine Auswahl

Isabel Allende
- Das Geisterhaus. Roman. Übersetzt von Anneliese Botond. st 1676. 501 Seiten
- Mayas Tagebuch. Roman. Übersetzt von Svenja Becker. st 4444. 444 Seiten
- Die Insel unter dem Meer. Roman. Übersetzt von Svenja Becker. st 4290. 552 Seiten
- Inés meines Herzens. Roman. Übersetzt von Svenja Becker. st 4035. 394 Seiten
- Fortunas Tochter. Roman. Übersetzt von Lieselotte Kolanoske. Gebunden. st 4383. 705 Seiten
- Paula. Übersetzt von Lieselotte Kolanoske. st 2840. 496 Seiten. Großdruck: st 3926. 706 Seiten
- Das Siegel der Tage. Roman. Übersetzt von Svenja Becker. st 4126. 409 Seiten

Gerbrand Bakker
- Oben ist es still. Roman. Übersetzt von Andreas Ecke. st 4142. 315 Seiten
- Der Umweg. Roman. Übersetzt von Andreas Ecke. st 4435. 231 Seiten

Joanna Bator
- Sandberg. Roman. Übersetzt von Esther Kinsky. st 4404. 492 Seiten
- Wolkenfern. Roman. Übersetzt von Esther Kinsky. st 4574. 499 Seiten

Jurek Becker
- Bronsteins Kinder. Roman. st 1517. 302 Seiten
- Jakob der Lügner. Roman. st 774. 288 Seiten

F 266d/1/01.15

Louis Begley
- Lügen in Zeiten des Krieges. Roman. Übersetzt von Christa Krüger. st 2546. 223 Seiten. Großdruck: st 4092. 310 Seiten
- Ehrensachen. Roman. Übersetzt von Christa Krüger. st 3998. 444 Seiten
- Schmidts Einsicht. Roman. Übersetzt von Christa Krüger. st 4415. 415 Seiten
- Der Fall Dreyfus. Teufelsinsel, Guantánamo, Alptraum der Geschichte. Übersetzt von Christa Krüger. st 4304. 248 Seiten

Thomas Bernhard
- Alte Meister. Komödie. st 1553. 310 Seiten
- Auslöschung. Ein Zerfall. st 1563. 651 Seiten
- Heldenplatz. st 2474. 176 Seiten
- Holzfällen. Eine Erregung. st 1523. 336 Seiten
- Aus Opposition gegen mich selbst. Ein Lesebuch. Herausgegeben von Raimund Fellinger. st 4211. 368 Seiten

Peter Bichsel
- Kindergeschichten. st 2642. 86 Seiten
- Über Gott und die Welt. Schriften zur Religion. Herausgegeben von Andreas Mauz. st 4154. 288 Seiten

Lily Brett
- Lola Bensky. Roman. Übersetzt von Brigitte Heinrich. st 4470. 302 Seiten
- Chuzpe. Roman. Übersetzt von Melanie Walz. st 3922. 334 Seiten

Jaume Cabré
- Die Stimmen des Flusses. Roman. Übersetzt von Kirsten Brandt. st 4049. 666 Seiten

NF 266d/2/01.15

suhrkamp taschenbücher
Eine Auswahl

Isabel Allende
– Das Geisterhaus. Roman. Übersetzt von Anneliese Botond. st 1676. 501 Seiten
– Mayas Tagebuch. Roman. Übersetzt von Svenja Becker. st 4444. 444 Seiten
– Die Insel unter dem Meer. Roman. Übersetzt von Svenja Becker. st 4290. 552 Seiten
– Inés meines Herzens. Roman. Übersetzt von Svenja Becker. st 4035. 394 Seiten
– Fortunas Tochter. Roman. Übersetzt von Lieselotte Kolanoske. Gebunden. st 4383. 705 Seiten
– Paula. Übersetzt von Lieselotte Kolanoske. st 2840. 496 Seiten
– Das Siegel der Tage. Roman. Übersetzt von Svenja Becker. st 4126. 409 Seiten

Maya Angelou
– Ich weiß, warum der gefangene Vogel singt. Übersetzt von Harry Oberländer. st 4897. 321 Seiten

Friedrich Ani
– Der namenlose Tag. Roman. st 4720. 298 Seiten
– Ermordung des Glücks. Ein Fall für Jakob Franck. Roman. st 4931. 316 Seiten

Gerbrand Bakker
– Oben ist es still. Roman. Übersetzt von Andreas Ecke. st 4142. 315 Seiten

Joanna Bator
- Sandberg. Roman. Übersetzt von Esther Kinsky. st 4404. 492 Seiten
- Wolkenfern. Roman. Übersetzt von Esther Kinsky. st 4574. 499 Seiten

Jurek Becker
- Bronsteins Kinder. Roman. st 1517. 302 Seiten
- Jakob der Lügner. Roman. st 774. 288 Seiten

Louis Begley
- Lügen in Zeiten des Krieges. Roman. Übersetzt von Christa Krüger. st 2546. 223 Seiten. Großdruck: st 4092. 310 Seiten
- Ehrensachen. Roman. Übersetzt von Christa Krüger. st 3998. 444 Seiten
- Schmidts Einsicht. Roman. Übersetzt von Christa Krüger. st 4415. 415 Seiten

Thomas Bernhard
- Alte Meister. Komödie. st 1553. 310 Seiten
- Auslöschung. Ein Zerfall. st 1563. 651 Seiten
- Heldenplatz. st 2474. 176 Seiten
- Holzfällen. Eine Erregung. st 1523. 336 Seiten
- Städtebeschimpfungen. Herausgegeben von Raimund Fellinger. st 4074. 178 Seiten

Peter Bichsel
- Kindergeschichten. st 2642. 86 Seiten
- Über Gott und die Welt. Schriften zur Religion. Herausgegeben von Andreas Mauz. st 4154. 288 Seiten

Lily Brett
- Lola Bensky. Roman. Übersetzt von Brigitte Heinrich. st 4470. 302 Seiten

NF 266a / 2 / 01.19

– Chuzpe. Roman. Übersetzt von Melanie Walz. st 3922. 334 Seiten

Jaume Cabré
– Die Stimmen des Flusses. Roman. Übersetzt von Kirsten Brandt. st 4049. 666 Seiten

Truman Capote
– Die Grasharfe. Roman. Übersetzt von Annemarie Seidel und Friedrich Podszus. st 1796. 208 Seiten

Paul Celan
– Die Gedichte. Kommentierte Gesamtausgabe in einem Band. Herausgegeben und kommentiert von Barbara Wiedemann. st 3665. 1000 Seiten

Marguerite Duras
– Der Liebhaber. Übersetzt von Ilma Rakusa. st 4507. 143 Seiten

Hans Magnus Enzensberger
– Hammerstein oder Der Eigensinn. Eine deutsche Geschichte. st 4095. 378 Seiten
– Versuche über den Unfrieden. st 4626. 183 Seiten
– Gedichte 1950-2020. st 5013. 250 Seiten

Laura Esquivel
– Bittersüße Schokolade. Roman. Übersetzt von Petra Strien. st 2391 und it 4030. 278 Seiten

Elena Ferrante
– Meine geniale Freundin. Übersetzt von Karin Krieger. Roman. st 4930. 488 Seiten
– Die Geschichte eines neuen Namens. Übersetzt von Karin Krieger. Roman. st 4952. 704 Seiten

F 266a / 3 / 01.19

– Die Geschichte der getrennten Wege. Übersetzt von Karin Krieger. Roman. st 4953. 640 Seiten

Candice Fox
– Hades. Thriller. Übersetzt von Anke Caroline Burger. Herausgegeben von Thomas Wörtche. st 4838. 341 Seiten
– Eden. Thriller. Übersetzt von Anke Caroline Burger. Herausgegeben von Thomas Wörtche. st 4861. 473 Seiten
– Fall. Thriller. Übersetzt von Anke Caroline Burger. Herausgegeben von Thomas Wörtche. st 4927. 470 Seiten

Philippe Grimbert
– Ein Geheimnis. Roman. Übersetzt von Holger Fock und Sabine Müller. st 3920. 154 Seiten

Peter Handke
– Immer noch Sturm. st 4323. 165 Seiten
– Mein Jahr in der Niemandsbucht. Ein Märchen aus den neuen Zeiten. st 3887. 628 Seiten
– Die morawische Nacht. Erzählung. st 4108. 560 Seiten
– Wunschloses Unglück. Erzählung. st 3287. 96 Seiten

Marie Hermanson
– Der Mann unter der Treppe. Roman. Übersetzt von Regine Elsässer. st 3875. 269 Seiten
– Muschelstrand. Roman. Übersetzt von Regine Elsässer. st 3390. 304 Seiten

Hermann Hesse
– Der Steppenwolf. Roman. st 175. 288 Seiten
– Siddhartha. Eine indische Dichtung. st 182. 128 Seiten
– Narziß und Goldmund. Erzählung. st 274. 320 Seiten
– Mit der Reife wird man immer jünger. Betrachtungen und Gedichte über das Alter. st 3551. 192 Seiten

NF 266a / 4 / 01.19

Reginald Hill
- Rache verjährt nicht. Roman. Übersetzt von Ulrike Wasel und Klaus Timmermann. st 4473. 683 Seiten

Uwe Johnson
- Jahrestage. Aus dem Leben von Gesine Cresspahl. 4 Bände. st 4455. 2150 Seiten

James Joyce
- Ulysses. Roman. Übersetzt von Hans Wollschläger. st 3816. 987 Seiten

Daniel Kehlmann
- Ich und Kaminski. Roman. st 3653. 174 Seiten

Sibylle Lewitscharoff
- Apostoloff. Roman. st 4180. 248 Seiten
- Blumenberg. Roman. st 4399. 220 Seiten
- Montgomery. Roman. st 4321. 346 Seiten

Nicolas Mahler
- Thomas Bernhard: Alte Meister. Komödie. Gezeichnet von Mahler. Graphic Novel. st 4579. 158 Seiten

Andreas Maier
- Das Haus. Roman. st 4416. 165 Seiten
- Onkel J. Heimatkunde. st 4261. 132 Seiten
- Bullau. Versuch über Natur. st 3947. 127 Seiten
- Wäldchestag. Roman. st 3381. 315 Seiten
- Das Zimmer. Roman. st 4303. 203 Seiten

Adrian McKinty
- Der katholische Bulle. Roman. Übersetzt von Peter Torberg. st 4523. 384 Seiten

F 266a / 5 / 01.19

Robert Menasse
– Die Hauptstadt. Roman. st 4920. 459 Seiten
– Die Vertreibung aus der Hölle. st 4863. 729 Seiten

Patrick Modiano
– Eine Jugend. Roman. Übersetzt von Peter Handke. st 4615. 187 Seiten

Cees Nooteboom
– Allerseelen. Roman. Übersetzt von Helga van Beuningen. st 3163. 440 Seiten

Amos Oz
– Eine Geschichte von Liebe und Finsternis. Roman. Übersetzt von Ruth Achlama. st 3788. 828 Seiten
– Judas. Roman. Übersetzt von Mirjam Pressler. st 4670. 331 Seiten
– Unter Freunden. Übersetzt von Mirjam Pressler. st 4509. 215 Seiten

Andreas Pflüger
– Endgültig. Thriller. st 4770. 458 Seiten
– Niemals. Thriller. st 4940. 475 Seiten

Marcel Proust
– Auf der Suche nach der verlorenen Zeit. 3 Bände in Kassette. Übersetzt von Eva Rechel-Mertens. st 4830. 5200 Seiten

Ralf Rothmann
– Der Gott jenes Sommers. Roman. st 4959. 260 Seiten
– Im Frühling sterben. Roman. st 4680. 233 Seiten

NF 266a / 6 / 01.19

Judith Schalansky
– Atlas der abgelegenen Inseln. Fünfzig Inseln, auf denen ich nie war und niemals sein werde. st 5002. 240 Seiten
– Blau steht dir nicht. Matrosenroman. st 4284. 139 Seiten
– Der Hals der Giraffe. Bildungsroman. st 4388. 222 Seiten

Andrzej Stasiuk
– Die Welt hinter Dukla. Roman. Übersetzt von Olaf Kühl. st 3391. 176 Seiten
– Hinter der Blechwand. Roman. Übersetzt von Renate Schmidgall. st 4405. 349 Seiten

Uwe Tellkamp
– Der Turm. Geschichte aus einem versunkenen Land. Roman. st 4160. 976 Seiten

Hans-Ulrich Treichel
– Der Verlorene. Erzählung. st 3061. 176 Seiten

Mario Vargas Llosa
– Das böse Mädchen. Roman. Übersetzt von Elke Wehr. st 3932. 395 Seiten

Martin Walser
– Ein fliehendes Pferd. Novelle. st 600. 160 Seiten

Don Winslow
– Kings of Cool. Roman. Übersetzt von Conny Lösch. st 4488. 349 Seiten
– Tage der Toten. Kriminalroman. Übersetzt von Chris Hirte. st 4340. 689 Seiten

F 266a / 7 / 01.19

Judith Schalansky

»Dies war die größte Lyrikerin, die Deutschland je hatte

Gottfried Ben

Der vorliegende Band vereinigt das lyrische Gesamtwer der Dichterin: alle Gedichte, die Else Lasker-Schüler z Lebzeiten veröffentlichte, von der frühesten Sammlun *Styx* bis zu dem letzten Gedichtband *Mein blaues Klavier*.

ISBN 978-3-518-39290-4

9 783518 392904

€ 18,00 [D]
€ 18,50 [A]

www.suhrkamp.de